陈田田
Chen Tiantian

时光

请别叫我念

SHI GUANG
QING BIE
JIAO
WO NIAN

中国出版集团
现代出版社

图书在版编目（CIP）数据

时光，请别叫我念 / 陈田田著. -- 北京 : 现代出版社，2017.6

ISBN 978-7-5143-6256-5

Ⅰ. ①时… Ⅱ. ①陈… Ⅲ. ①长篇小说一中国一当代 Ⅳ. ① I247.5

中国版本图书馆 CIP 数据核字（2017）第 118775 号

时光，请别叫我念

作　　者	陈田田
责任编辑	李　鹏
出版发行	现代出版社
地　　址	北京市安定门外安华里504号
邮政编码	100011
电　　话	010-64267325　010-64245264（兼传真）
网　　址	www.1980xd.com
电子邮箱	xiandai@vip.sina.com
印　　刷	三河市京兰印务有限公司
开　　本	880×1230　1/32
印　　张	8
版　　次	2017年6月第1版　2017年6月第1次印刷
书　　号	ISBN 978-7-5143-6256-5
定　　价	39.80元

自序／挥手自兹去

陈田田

所有的告别，就是另一场聚会的开始。如同离开初中，进入高中。如同离开高中，进入大学。“明天有个大学升学交流会”，老师这样告诉我。句式平常，神态淡然，像学校里随时都能发生的日常。

小时候幻想过大学会是什么样子，还想过到底要上北大还是清华，之后每每想起，都觉得那时的我操的心太过宽广。当我掰掰手指，发现自己已经快要十八岁时，心底升起的恐慌和不知所措淹没了我。我必须承认，在对“大学”这个词还未做好完全的准备之时，高中生涯已经无声地滑向终点。我们总是以为时间辽阔，但却总是在转眼之前发现一切都显得那么匆忙。同任何人一样，我们身处时间逆境，没得选择。

我时常想，如果平行世界成立，那么另一个世界里的我，会有什么样的故事？当我在疯狂写作业的同时，另一个世界里的我会不会正躺在床上看剧？踢球？踏青？做喜欢做的所有事情。在那个空间里，我会去一所什么样的高中？说实话，“高中”这两个字在我脑海中的印象很模糊，大概是因为在我的高中生涯里处处都充斥着“大学”这个词汇。从踏入高中的那一刻起，我就开始被大学宣讲会包围，有不同地区的，不同类型的，不同要求的，铺天盖地，密集地侵占与袭击我的思维，让身处其中的我常常升起一种无力感。甚至想逃，当然，我们也总是无处可逃。

一段时间之后，这样的恐慌就会演变成无穷尽的担忧，天天思考“我要干什么”这个颇为乏味的问题，对于分数更是“斤斤计较”地就像在菜市场买菜。我似乎从没时间好好想一想，生活应该是怎么样的。

是怎么样的我至今还没有想清楚，但是可以肯定的是，它与平时在小说或者影视作品里面看到的实在太不一样了。我的高中生涯里，同学之中没有发生突兀的、残酷的人事，出国倒是有，只不过因为学校的缘故，全都会走这一条相同的路径罢了。这两三年里，我也没有《五年高考三年模拟》，没有《天利三十八套》，但是我有《Barron’s》，有Khan Academy，也有找不到题刷不知如何准备的考试，更有成打成打无从写起的论文。看着电脑桌面上堆起的未完成任务，日历上数不尽的Deadline，我不甘心就这么草率地结束我的高中生活，然后浑浑噩噩地踏进不知哪一所大学里去。

我意识到，我不想要别人的故事，我想要自己创造故事，创造那十万分之一的可能性。

于是《时光，请别叫我念》出现了，历时一年余，笨拙但却勤勉的文字，其实也是来之不易，诞生在这刚刚好的辰光里。书里有学生，有老师，有友情，有爱情，有高中里五味杂陈的人事，就像是自己创造的一个小世界。写小说对于我而言，还是一样新奇的东西，正因如此我也对自己创造的世界保持了极大的好奇。我探索着，发现王文文是个跟我一样喜欢睡懒觉的孩子，金歌大大咧咧不拘小节，田小聪的心比女孩子还细。许许多多的人物在我的脑海里跑动着，跳跃着，行走着……办社团、搞活动，青草一样的芬芳且蓬勃的青春进行得如火如荼。他们都是时光的缩影。

看过也写过太多关于从前的文章，始终摆脱不了的就是对逝去的日子的怀念。仔细回想前程，我来到这世上已有六千余日子，与漫长的人生相比很短，但与我遥远的童年相比，很长。人天生就是喜欢回忆过去的动物，并且在过去的任何时间段里，大多数都不会意识到珍惜当下的重要性，因此逝去的时光便显得无比美好与珍贵。那么，我的现在，就是以后的回忆。如同我的近处，也就是别人的远方。

于是就需要写字，需要告别，需要飞翔，以及任何与人生相关的种种。所以，在高中的日子里写写高中的故事，本身就是一件美好的事情。当我敲完这个小说的最后一个字的时候，心底里升起来的是小而温暖的幸福。在此，我把我的青春时光，集合在人生中第一部不成样子的小说中。挥手自兹去，转身之间就是人生的某一个章节，同样的，每一个过往都会令你在多年以后，百感交集。

2017年4月2日，春日的下午，和风暖阳，整理以上心情，并以此为自序。

1

时光 请别叫我念

one

校园对她来说，如青草一般新鲜

进入校园的路途，对于王文文来说，显得无比乏味而漫长。尽管校园对她来说，如青草一般新鲜。那时候太阳像烧煳了的一锅粥，白而热烈地悬挂在学校的上空。

开车送她来学校报到的父母，热烈地讨论着这座学校的所有好处。他们被烤化的影子，在地上黑湿成一小截阴影。

校园里的钟不多不少地敲了十四下。王文文抬头，看着四个金属色的大字，霍格中学，阳光在金属面上反射回来，亮闪闪的。透过“霍格中学”的反光，此时王文文可以清楚地看到，在她的身后聚集起了小小的人群，有挥舞着表格追逐的，有蹲在地上种蘑菇的，但更多的人是在低头玩手机。

王文文突然间觉得，手机像是人体的构成部分，密不可分，血肉相连。

人群被火热的太阳炙烤着，校门仿佛会被阳光熔化，但却依然还没有打开的迹象。保安站在门里面，像一尊雕像，学生站在门外面，像一群雕像，中间隔着一道伸缩铁门。学生们依然在玩手机，没有一个显出焦急的样子，只是不断地在显示屏上比画着下拉刷新的手势。保安说话了，他说还有两分钟才能进。

霍格中学，不是英国的霍格沃茨，是上海的霍格中学，据说是由一个叫沃茨的英国人创办的。这里并不是真正的城堡，但也在屋顶造了一个尖尖的塔楼。王文文作为一个骨灰级的哈迷，在一次搬家路过校区时便喜欢上了这里，大概这就是传说中的一见钟情。接着就是头脑一热，在高二时作为转校生转入了这个有个奇怪名字的学校。也许缘分就是这样，没有深思熟虑，就这么突然发生，果断而又快速。

当校门缓缓拉开的时候，前一秒还在玩手机的一群人前仆后继，奔向校园就像奔向战场。本来站在最前面的王文文被挤了下去，成了这群人中的最后一个。跟随着拥挤的人流向前流动，王文文抬头看着这个陌生而又让她心动不已的学校，觉得阳光洒在教学楼的屋顶上格外得好看。落在后面的王文文索性站在了校园的大门口，仔细地看着树、雕塑以及建筑。她兴奋地拍了拍自己的脸颊，以确认这不是梦。

像一幅年轻得一塌糊涂的日本插画

那天父母送王文文进入校园，然后告诉她，高中的路需要自己走。然后他们选择离开，汽车扬起了轻微的烟尘，在王文文的视野里消失了。王文文和她的白色行李箱站在一起，孤零零地望着车子的远去。从远处看，她背着一只肩包站在行李箱边上的样子，很像一幅年轻得一塌糊涂的日本插画。或者是宫崎峻动画片里一个寂寞的镜头。

“王文文。王文文。”王文文听到身后传来了一个细小的声音，她猛地转头，看到的是一张迅速后退的脸。

“你……你是新生吗？”

说话的是一个高个子男生，声音很轻，双手下意识地紧握成拳。

“你看我像老生吗？”

"我叫马可。"男生说。他们朝着校园内部走去。

"我是王文文。"王文文的内心充满疑惑，这个马可似曾相识。王文文但是笑了笑，一股熟悉感从心头蔓延过，但却就是想不起来是记忆中的哪个部分。

马可也笑了笑，王文文发誓她看到马可脸红了。他问，你是不是从野草小学来的，《野草集》的那个野草，杭州的。王文文顿时停住脚步，大幅度地甩头，扎起的马尾在空中划过一道弧线，在空气里割开了一个口子。她望向马可。她感到在那一个瞬间，记忆破土而出。她记起来，马可是小学里比她高一级的学长，成绩名列前茅，还是学校里的大队长，唯一一个没有演讲就被同学选上的大队长。王文文很想知道马可是怎么认出她的。"你那个时候画画很好，拿奖就像大妈上菜场一样频繁。"王文文稍稍有些得意地笑了笑，原来在那个时候，她是被人知道的。想到这点的她有点乐滋滋的，又故作矜持地表示了一下谦虚。人与人交往的程序总是那么麻烦，但也都不好意思不走过一遍。

很快他们就来到了报到的地方，老生和新生报到的地方是不一样的，他们也就分别了。与其他学生报到处的熙熙攘攘所不同的是，新生报到处冷清得有些黯淡，是一个孤独的，很适合发呆的角落。接待的老师只有一个，在不断下拉刷新着手机，桌上摊着一个表格。例行登记的问题有很多，密密麻麻地铺满了整页纸，却也往往都是千篇一律的，是那种从幼儿园开始到小学和初中都会一遍遍填的信息。王文文却还是校对了一遍又一遍。

她想，反正这里很空，空到能够容纳她这个强迫症。

当王文文拖着一个白色的行李箱，第七次走到同一棵银杏树下时，她不得不承认，她太高估了自己的方向感。为了避免第八次遇见这一棵银杏，王文文决定站在树下不动，等有熟悉校园的学生再去询问。秋天的蚊子依然健壮，嗡嗡地对王文文发动了一次又一次的攻击，王文文却依然在那颗银杏树下站着。这时路过的是一个只比王文文高一点儿的男生，刘海有点长了，就快要盖住自己的眼睛。他把左手塞在自己的上衣口袋里，右手撩了撩刘海，走近王文文，用华丽的咏叹调说，“Oh poor kid，你是不是迷路了？”

或者是宫崎峻动画片里一个寂寞的镜头

王文文在心里翻了个白眼，脑补的效果就是武媚娘传奇里萧才人的样子。而此时男生也立刻站定在王文文面前，刚才的装腔作势在一瞬间就消失了。他站直了身子，微微点了点头，作出一本正经的样子，“你一定是新生。新生一定不认识路。新生报到以后去的一定是寝室。所以你一定是在找寝室。这边。”接着便是一个快速的转身，长长的刘海在空中甩动。王文文点了点头，拉起行李箱，道过谢后默默地跟在男生的后面，并不打算说话。但是显然，王文文遇上了一个健谈的人。

“如果你不想问我的名字，我还是得自告奋勇地告诉你。鄙人田小聪，绰号有很多，大葱洋葱胡葱。当插班生肯定很紧张吧？别紧张，我们每年都有新生。刚才是吓着你了吗？不好意思啊，你以后习惯就好。我在练戏剧，你觉得我的语调怎么样？你几年级的啊？哦对了我是初中直升的，上海人，你有什么问题完全可以不耻下问……”

“我叫王文文。”

王文文感到一丝丝尴尬，她不是个自来熟的人，第一次见面就说这么多的话让她的大脑有一些僵硬。在她甚至都没有说出名字的时候，对方已经开始滔滔不绝起来，怎么说都不是一个正常的现象。但不一定是个坏现象，她安慰自己，两个人碰到，总得有一个人会说话一点。看着田小聪白净的脸，王文文在心里默默地补充，他确实像上海人，一看就是喝豆浆牛奶长大的。

一片无边的沉默

空气中的沉默因为王文文的回答而沉淀下来，王文文想了想，补充了一句，“是杭州过来的新生。十一年级。”

“哦？你们那儿西湖肯定很漂亮吧？你坐高铁来要多久？”

眼看田小聪又要开始滔滔不绝，王文文连忙止住了他的话。王文文说，她是父母送过来的，坐了两个半小时的车。田小聪摇了摇头，很像是父母看到不成器的孩子那样很无奈的样子，表情沉重地就要积起灰尘。他开始掰起手指，说，高铁很快，车票比来回的过路费还要便宜一半。校车直接接送，很方便。而且还不用油费，可以省下好多。王文文不住地点头，没有发出声音。在安静数秒后，她轻轻地问田小聪，“那你觉得亲情是几块钱一斤的？”

接着便是一片无边的沉默。王文文觉得，这是她思索了很久所得出的答案，所以理应收获沉默。

他们在一个路口就迅速地分开了。田小聪远远地指了一指，示意了女生宿舍的位置，便向另一个方向走去。王文文拉着她白色的行李箱，走在由一片竹子夹道欢迎的小路上。午后的太阳神采奕奕，在地面上反射出刺眼的银光。这片银色的光在指引着王文文蹲下来。她照做了，如果是玄幻小说的话，她也许因为这片银光获得了什么特殊的能力。然而她没有，只是在地上摸到了一串手链，也就是那片银光的罪魁祸首。王文文捡起它的动作是小心翼翼的，她把手链攥在手心里，环顾了一圈后，暗自决定，等明天老师上班了，再把它完好地带到失物招领处去。一丝银光也不能少。

于是王文文就攥着手链，踏进了寝室。

王文文的寝室被分在一楼最显眼的那个位置，也许是因为上帝也不忍心让她再迷路了。王文文抬头看了看写着她名字的门牌，果断地拉开门，看到的是一个倒着的人。因为是倒着的，长发便没有拘束地垂向地面，很好地描绘了怒发冲冠的样子。她说，“嗨，我叫金歌。我在练倒立。”王文文说，“嗨，我叫王文文。很高兴见到你。”于是，两个人都看着对方倒着的样子，相视而笑。

这是王文文进入学校的第一天。在无比的酷热中走进校门，并迅速邂逅学长马可，话痨田小聪，以及倒着生长的金歌。此后，王文文没有想过她会在这所学校有什么样新鲜的遇见，只是觉得，日子崭新，时光葱茏。

午后的太阳神采奕奕，在地面上反射出刺眼的银光

2

时光 请别叫我念

two

每一寸空气的振动都在散发着快乐的味道

第二天清晨，王文文被一阵嘈杂的声音唤醒。她听出其中一个声音是她的室友金歌，是一种豪放的响亮的大笑声，这种声音所带来的每一寸空气的振动都在散发着快乐的味道。另一个声音是王文文所不认识的，不是很响，但是很好听，穿透力很强，王文文觉得那就是传说中银铃般的笑声。王文文从床上“咻”的一声坐起来，把被子抱在胸前，刚好遮住了睡衣上小狗的图案，头上顶着一窝乱发，静电感十足。她睁着蒙眬的睡眼，望向站立的两个人影。然后便在脸上出现了一种被一根木棒打了一下的表情，愣了一秒钟后，恍然大悟一般从床上跳起来冲进了洗手间，只留下两个目瞪口呆的人站在一边看她流畅地完成这一系列动作。

在寝室中的另外一个女生叫任冉冉，一眼看过去，就觉得长得十分漂亮，是金歌的好闺蜜。大家都一致认为她有一种范冰冰的高冷气质，也是众多男生追求的对象。今天早晨她是来找金歌，准备一起去上课的。她有一种预感，这个新生可能会是一个有趣的人。约莫五分钟后，王文文走出了洗手间，眼神里透出的不再是迷茫，而是亮晶晶的满满的期待。她的头发已经梳顺了，正服服帖帖地垂在背上，脸上挂着一个大大的微笑，一切都显得很适合认识新同学——如果忽视她还没翻好的领子的话。

“你的领子，”任冉冉笑着指了指王文文的脖颈，然后甩了甩发梢微卷的秀发，左手叉腰，摆了一个很好看的姿势伸出右手，“任冉冉。”王文文注意到任冉冉稍微比自己矮一点，但是也比自己瘦。实际上，她看上去很单薄。

“王文文。”王文文点了点头，面不改色地整理好了领子，然后同样伸出了右手，握了握任冉冉的手。而金歌此时则自来熟地把手勾上了王文文的脖子，热情地邀请，“等会儿跟我们一起去上课呗，我们带你认识校园。”王文文被勾得重心不稳，不得不低下头来，一边答应着，好，好，好。她总觉得自己忘记了什么，却始终没有想起来。

当她们真正走出寝室楼时，又是15分钟过去了。金歌和任冉冉开始给王文文介绍校园的地形。在上海这个地方，校园是不可能很大的，但是霍格中学却有着精妙的设计，各种功能的教室、场地都很齐全，让王文文很是激动，很快就放下了拘束，开始放飞自我，变得一蹦一跳的。当她们三人准备去上课时，一阵疾风呼啸而过，只留下一个白色的影子。王文文抱在手里的笔记本电脑在此刻应声落地，那是一种清脆的，心碎的“啪嗒”声。

“站住！”王文文大喊，声音回荡在有些狭窄的走廊里，造成了多重的回声。任冉冉和金歌也相继回头。金歌眼尖，首先发现了始作俑者，“许多远！你给我回来！”任冉冉再次一甩秀左手叉腰，气势地站在金歌的边上。许多远在听到叫喊后，一个急刹车停了下来，而此时的他已经跑出了大约十米的距离。

他猛地回头，一开始的表情紧张而古怪，像一只偷偷啃了电线的老鼠。在看清是她们几个后，他松了一口气，笑着转过身来，脸上写着大大的三个字“无所谓”，随手把拎着的一件皇马的球衣搭在肩上，缓缓地踱向她们，根本没有一丝前一秒还在飞奔的迹象。王文文看着那个把走廊当作T台的男孩，完全想不明白穿着正装和皮鞋的他是如何跑得像龙卷风的。她蹲下身去，翻开笔记本电脑的盖子，发现屏幕已经碎裂，布满了蜘蛛网状的裂痕，像一道道沟渠纵横交错，触目惊心。

此时许多远已经走着模特步，踱到了她们的面前。他身体微微前倾，探过头看了看摔不了的电脑，很像一只隔着栅栏在吃叶子的长颈鹿。他歪过头端详了一会儿，王文文一直瞪着他，如果眼神能杀人的话，许多远觉得，他大概就要享年17岁了。王文文站了起来，也像许多远一样歪过了头，继续瞪视，而金歌已经按捺不住：“许多远！看你把人家撞的！你说怎么办吧？”许多远咧了咧嘴，移开视线，假装自己对旁边储物柜的把手很感兴趣的样子，不敢直视王文文的眼睛。他小声地嘀咕着，不就是一台电脑嘛，谁买不起，有什么大不了的。王文文显然听到了他的声音，把双手抱在胸前，一副在等他继续说下去的样子。王文文其实是想说话的，但是愤怒已经溢了出来，充斥在她的不只是胸腔，还有胃，血管和肌肉里。

“在我的眼里，这个世界也可以没什么了不起。但是，我的电脑就是了得起。”王文文一字一顿地说着，用的是给外国人考听力的速度，声音不大，却保证让许多远能听得清清楚楚。随后不等许多远回答，她就捡起电脑，和金歌、任冉冉一道，头也不回地走了。她听见身后传来一个遥远的声音，和预备铃混在一起，但是她听得很清楚。那个声音说，大不了我赔你两台呗。

她们三个并排走着，王文文站在金歌的左边，任冉冉在金歌的右边。金歌是快要跳起来的样子，毫不掩饰自己的情绪，她伸出一个手指不停地点向前方的虚空，很像老师警告同学时的手势。金歌一遍遍强调着，“这小子，就是欠收拾。你刚才那一下子，真是帅得飞起。”王文文面无表情，只是嗯了一声，迎着金歌有些诧异的目光，她解释道，我大概是气得失去做表情的能力了。

王文文的低气压持续了一个早晨，直到中午才差不多消散。也许不能说是消散了，而是被形形色色的老师和对她来说还很新鲜的走班制吸引了注意力。她上了两门课，认识了两个老师。一个是英语老师Adam Smith，总是因为自己和名人重名而沾

一个遥远的声音

沾自喜。他是一个很喜欢中国文化的澳大利亚人，而大家也都很喜欢他，他总是穿着唐装在学校里走来走去，见人不握手，而是作揖。据说中文也很好，以至于同学们在课堂上都不敢偷偷说他坏话。第二个是生物老师，这是一个身材娇小，却很活泼的女老师。

中午的时候，金歌和任冉冉带着王文文去了食堂。食堂的位置处于校园的中心，大概是想要表达“民以食为天”的中心思想。食堂的布局是仿造霍格沃茨食堂，也就是牛津大学基督学院建造的：大厅里平行摆放着一模一样的四张长桌，四张长桌的正前方是一张横着的长桌，是老师的专用席位，大厅的两旁是取餐的地点。然而现代风格的装饰在不断地冲击王文文的眼球：长桌是木头做的，但是被漆上了白色的油漆；椅子每把都各不相同，材料也大相径庭，似乎每把都有各自的一段故事；灯罩则是纸质的，由学艺术的同学们亲手打造。这样的食堂，似乎一点都不格沃茨金碧辉煌的大厅要逊色。王文文和金歌、任冉冉坐在长桌尾段，因为那里的冷气比较充足。许多远端着餐盘，这一回是把食堂当作了T台，自认为非常有范地从长桌的前端一路走到了尾端。他在王文文面前坐下，说，喂……

王文文慢条斯理地吃着，说，我不叫喂。

许多远说，大不了我赔你两台。

王文文又吃了两口，说，我不需要两台。

许多远略微有些急了，他的目光从食堂就餐者的头上匆匆掠过，焦躁地说，那你需要什么？你这是想要敲诈吗？

王文文停止了吃饭，拿一双眼盯着许多远看着，不说话。许多远在与王文文的对视中，最后败下阵来，目光游离，最后他想了想，还是一言不发地站起身顾自走了。他把手叉在裤兜里，装作非常有范地从尾端走到前端。王文文看着许多远离开的背影，说，我需要你的道歉。

下午第一节是化学课，两个人一张实验桌。金歌毫无疑问地和任冉冉坐在一起，老师便安排许多远和王文文一桌。化学老师叫Paul Miller，因为胖，加之脾气一来就会炸，所以暗地里被同学们叫爆米花。而且，他因为身材壮硕，走路时看着也是横冲直撞的，曾经在学校的走廊上就因为不小心，撞翻过一整排柜子，场面很是有趣，然而王文文并不知道这些，也从来没有去想过这位爆米花炸开时，会是什么模样，只天真地期待着，这堂课她会有什么收获。

一阵疾风呼啸而过，只留下一个白色的影子

王文文专心地听着爆米花老师用震耳欲聋的声音讲课，这节课讲的是水的净化。许多远戳了戳她的手臂，王文文转过头斜了他一眼，又转回头去。许多远有一点心虚地摸了摸鼻子。过了约莫五分钟之后，许多远又忍不住了，戳了戳王文文的手臂。这回王文文连转都没有转过去，只是轻哼了一声。许多远挠了挠头发，他似乎是想到了什么似的，在笔记本上歪歪扭扭地撕了一个小角落，开始低头飞快地写起来。半分钟后，王文文收到了一张写得龙飞凤舞的纸条，写着：对不起。我是许多远，很高兴认识你。其中对不起被反复划了好几遍又写了好几遍，沾满了大半张纸。

王文文抬头，说，我是王文文，你欠我一台电脑。

过了一会儿，她像是想起来什么似的，突然又回过头补充了一句：我追巴萨。

许多远笑了。

说话间，教室里的气氛开始变得诡异起来。王文文连忙拉回注意力，发现任冉冉正突兀地站在教室里，脸涨得通红，好几次张嘴想要说话却被爆米花打断，嘴巴一张一合，最终什么声音都没有发出来。爆米花则坐在讲台后的椅子上，大声叫喊着重复："过滤不用玻璃棒！ No！ No！"同时为了表示强调，他大幅度地挥舞着双臂，看上去就是一个在火车站台上迎接归来士兵的亲属。任冉冉找不到任何反驳的机会，只是用手一遍遍地梳着已经梳得很整齐的头发，来掩饰自己的尴尬，她瘦小的身躯在班级中间站立着，显得很渺小。全班都是很安静，组成了一部黑白的默片，所有人的目光在任冉冉和爆米花之间来回移动，不敢发出丝毫声响。只余爆米花的吼声在教室里回荡，他依然挥舞着双手，就快要站到讲台上去，而同学们根本不去听他在讲什么。

王文文没怎么明白，皱眉苦恼了一会儿，还是不解，反而觉得爆米花那手舞足蹈的样子很是可笑，便随手拍了拍许多远，转头凑近他的方向，下意识地说道，“你说爆米花他是不是有病，多大点事儿啊，激动成那样……”

闻言，许多远一愣，有些意外地看向她，怎么都没想到她会说出这样的话来，可王文文却以为他愣住了，是没有理解到自己的意思，无辜的眨巴了下眼眸，继续道，“难道不是吗？你看他像个胖猴子似的上蹿下跳，也太夸张了吧，不就是……”

她说得起劲，丝毫没注意到身后一道庞大的阴影已经向她走来，许多远却是看得清楚，急得不行，又不敢这时开口阻止，只得微侧着身子，又是摆手，又是使眼色的示意她不要再说话了。

王文文意识到他的意思后，刚想开口问“怎么了”，便已经感觉到自己身后一凉，有种不好的预感，周围安静得可怕，她吞了吞口水，还是缓缓地转过了头去看个究竟，她这一转头的动作，可谓是完满地诠释了什么是电影里的慢镜头。而她看到的剧情也就像是在电影里一样，这种暴风雨前最静谧的时候，总是会有大事发生的。果然，她转头后入眼的，便是刚刚她口中的主角爆米花，此刻正板着脸瞪着她，瞪得眼球都鼓起来快要凸出眼眶似的。

“啊……”王文文见状，知道自己闯祸了，脸色一白，下意识惊呼出声，猛地站了起来，本是想道歉来着，却不成想，起身的动作带倒了她的椅子。

“嘶……”一声痛呼伴随着椅子倒地的“啪”的声响随即想起，紧接着就是教室里倒抽凉气的声音，再看爆米花的脸色，已涨成了红色，而那椅子就不偏不倚的砸在他的脚背上，王文文也傻了，只微张着嘴看着这一幕，完全不知所措，爆米花不知是因为愤怒还是痛楚的慌乱中，他本是后退一步拯救自己的脚背，却用力过猛，动作太快，加之庞大的体型，一个不稳，一脚勾着椅子重重的向后倒去，他下意识地伸手想要扶住旁边的桌子，却反而把桌子上的书本文具全部带着随着他坠落的瞬间，噼里啪啦的全部掉在地上……

等所有的同学们反应过来时，爆米花已经随着接触地面发出的那一声厚重的闷响后，整个人四仰八叉的躺在地上，像一只被翻过来的乌龟，好不狼狈……

时间是否有被定格，后来发生了什么，王文文脑子里早已一片空白了，什么都不记得了，等她反应过来的时候，已经在学生处办公室了，那个传说中什么都要管一管，也却是可以管一管的地方。她是怎么被爆米花强行拖过来的都不记得了，只知道她现在有了个“破坏课堂纪律”的罪名。她站在角落里，环视整个办公室。爆米花正在和办公室的负责老师交涉，手舞足蹈，抑扬顿挫，发音饱满，动作夸张，很像是莎剧里的演员。任冉冉坐在门口的沙发上，此时的她已经哭过了一场，留下了红红的眼眶和满脸的委屈。金歌也来了，她坐在任冉冉身边，一手搂着她的肩，另一只手上还拿着一叠没来得及用的餐巾纸，嘴上一直重复安慰着，比如说，没关系的，天又不会塌下来，地也不会陷下去。比如说，车到山前必有路，船到桥头自然直。办公室里堆满了一些老师，有本来就是学生处老师，有的则是来找这些老师的，总之没有一个人注意到王文文。王文文收回目光，低下头靠在门上。也许她偷偷溜走也没有人会注意到，也许从这个世界消失，蒸发，都不会有人注意到，王文文自嘲地想。

也许从这个世界消失，蒸发，都不会有人注意到

大约五分钟后，任冉冉和金歌离开了办公室。王文文看着她们离开的背影，再次感到无边的无力与苦涩。作为一个插班生，连个来安慰关心她的人都没有。就像她预料到的一样，她在那里留了整整一个小时，并错过了一节数学课，得到的结果却是，明天再来一趟。王文文抽了抽嘴角，没有说一句话，只是面无表情地拉开门，大步走了出去，留下咔嚓一声门重新合上的声音。她迅速的离去，像一阵突然刮起的风。她去赶下一节课。

在那一天的晚上熄灯之后，王文文在黑暗中静静地坐了十分钟。黑夜无声，但好总觉得黑夜是有翅膀的，在她的身边无声地飞舞着。

开头总是难的，她安慰自己，开头总的如此的不如意。但这并不可怕，每一天都会过得比从前好。王文文盘腿坐在床上，朝着金歌的方向望了望，对着夜色慢慢露出了微笑。

3

时光 请别叫我念

three

每个人心境平和得像一面湖，没有人会在意她会不会因为此事伤心难过

第三天一早，王文文一踏进教室，就被一只手拉了过去。她发出一声惊叫，跌跌撞撞地站稳，就看到许多远的桌前码着两台还没有拆过的电脑。许多远很随意地斜坐在桌子上，一只脚底下踩着椅子。“喏，两台。”他像敲西瓜一样敲了敲盒子，发出很大的咚咚声。在那一瞬间，王文文已经平息了的火气就腾地又上来了，她哼了一声，毫不犹豫地拿了一台就走，甩下一句谢谢。哪知许多远早有准备，伸手就拉住了王文文的衣角，把王文文拖了回来。他的脚跨过课桌，转了个身，顺手一挥把另外一台电脑带了下来。王文文一转头，看到的就是电脑的包装盒呼啸着奔向地面，她似乎已经听见了它落在地面上发出的声响，那将是沉重的哐当声。然而许多远已经用一个夸张的动作接住了盒子。他翻身从课桌上下来，压低身体，弯曲一条腿，在电脑将要落地时伸手，像捞鱼一样托住了电脑，另一只手则张开五指甩到身后。这是一个蜘蛛侠的经典姿势，王文文脑子里浮现的却是黑寡妇的形象，不禁笑出了声。这时候班上的同学已经有些多了，在经过许多远时却都没有任何反应，无视的表情用得很是熟练。王文文断定，许多远就是一个天天变着花样出风头的人，这种层出不穷的风头，出到同学都已经麻木。正当她准备再次离开时，许多远已经起身再次跳上了课桌，随手把电脑放到桌面上，说，“让你拿就拿着呗，我真赔得起。不缺钱。”

王文文面无表情地扯出一个假笑，“你不是不缺钱，你只是不值钱。”

许多远愣了半晌，懵然地说，“我……不值钱？”

“不是我的，我不会要。是我的，谁也别想拿走。”她觉得，许多远虽然有钱，但是人品只值一角。

接下来的两周十分平静，王文文上课，认路，以及认同学的脸。她已经养成了一种习惯。而习惯往往是一种可怕的事情，无论好坏。每天早上，任冉冉都会来找金歌，然后她们两个会去吃早饭。王文文则会往往跟在她们的旁边，听她们聊校园里的各种八卦。任冉冉偶尔会转过头来招呼她几句。王文文觉得，在学校里最熟的应该就是她们两个了，金歌是她的室友，而任冉冉则在王文文从学生处出来之后安慰过她，并给她一本《教师——珍稀动物收藏手册》，里面详尽地叙述了每位老师的特长，性格，还给危险系数评定了星级。

其中一个老师叫方晓芬，一个年纪并不很大却戴眼镜像戴老花镜一样的数学老师，她喜欢透过镜片上方来看人，一双眼睛犀利得像刀锋战士。在第一堂数学课的时候，正好赶上单元测试，最后收卷子的时候，她直接跳过了王文文的位置，收完了其他所有同学的试卷回到讲台上。王文文拿着自己手中的试卷一直追随着她，想要开口提醒，却始终没有勇气，直到方老师坐在讲台上，感受到她张望的目光后，才瞟了她一眼，说：新生这次就算了，拉低班级成绩。王文文至今记得，那一天她“荣幸”接受了全体同学的注视，有好奇，有同情，也有不屑和幸灾乐祸的。手中还握着试卷的王文文记得，方老师那句话说出来后，她下意识地看向窗外，外面明明晴空万里，她却觉得那阳光格外刺眼。感谢老师，王文文讽刺地想，在第一堂数学课就让我被同学围观，好歹也被记住了，哪怕是用这样一种方式。这样的事太过稀松平常，没人站出来，每个人心境平和得像一面湖，没有人会在意她会不会因为此事伤心难过，最后只有任冉冉对着她笑了笑，示意她不要在意，这种温暖的及时抵达，让王文文觉得，世间真是充满了各种气息与味道。她突然觉得，被老师无视，以及这种冷冰冰的打击，倒也不是一件太大的事情，随即轻轻地笑了了，然而金歌却在看到她的笑时，很是诧异、惊讶。好久以后，她才说，王文文，你心真大。

王文文则回答，我那是心宽。

在开学后第三周的星期二，吃过午饭的王文文走在通往图书馆的长廊上。那时候布告牌面前围满了人，王文文不知道他们在集体围观着什么，只觉得人潮拥挤，大家都在赶集。就在王文文想要走近看的时候，与刚从人群中钻出来的田小聪撞了个满怀，“well, well, well,我们又见面了”王文文记起了他是那个带路的男生，便很认真地回答，你记性真好。田小聪用很神秘的样子，凑近了王文文，说“我不看也知道那个布告上写了什么，想不想知道？”王文文翻了一个白眼，毫不留情地戳穿了他是刚从人群里面钻出来的事实。田小聪就一副故作高深的样子，回道，“以后不要说出真相来，这个世界需要秘密。”没等王文文说话，田小聪就迫不及待地把海报描述了一遍，然后停下来仰了仰头，像是在等待王文文赞许的样子。原来是学校要组建一个新的戏剧社，正在招募社长和成员。田小聪觉得王文文可以去试一试。王文文真的对他道了谢，倒是田小聪看着王文文匆匆离去的背影惊讶万分。据同学回忆，这是田小聪第一次装逼的时候领赏成功。那一天晚上，王文文坐在寝室里，耳边萦绕着的一直是田小聪的建议，秋蚊的嗡嗡声，以及学校上空的夜班飞机划过夜空时发动机的轰隆声。她精神振奋地敲打着键盘写申请书，在金歌外放的催眠曲中变得越来越激动。

我想进戏剧社。王文文这样想。

因为熬夜的缘故，第二天王文文起来的时候是睡眼蒙眬的，望出去的风景都像一幅幅油画。没睡醒的她捏着馒头，感觉馒头白得有些晃眼。她一言不发地啃着她的早餐，回忆着还没做完的梦，看着对面座位上任冉冉张合的嘴有些出神。她感觉到有几根手指在她眼前晃了晃，连忙定神，看到的是任冉冉放大的一张脸。任冉冉见王文文清醒了过来，满意地点了点头，说“诶，你知道戏剧社的那个事情吧？你知道吗？我去申请了，老师说我肯定就是社长了。到时候把你们都拉进去，啊。”王文文还没有醒，觉得自己的语言能力已经在前一天晚上消耗殆尽，剩下的只有一些拙劣的表达，于是最后只好含含糊糊地应承了几句，用馒头蘸了蘸酱油，然后继续抱着啃了起来。任冉冉此时还没有停下，“我觉得啊，我们学校在Art方面的水平其实不太好……”王文文则继续眯着眼，还没有完全从梦里出来的样子。

两天之后的周五，王文文愉快地上完了最后一节课，哼着小曲儿，步履轻快地走回寝室。如果不是人比较多的话，她大概已经一跳一跳的了，袋鼠可能比不上，至少也得是只兔子。正当她准备好好享受周末的时，看到田小聪从一个角落里探出头来，鬼鬼祟祟地向四周望了望，看到她时瞪了瞪眼并向她招了招手，然后又缩了回去，像一只阴险的地鼠。王文文笑着摇了摇头，把这些奇怪的比喻从脑子里赶了出去，来到了田小聪面前。

田小聪只跟她说了五个字，你被选上了。

什么选上了？这是王文文的第一个反应。接着，她便被巨大的喜悦冲击得有点懵地回不过神。田小聪号称全校第一的“八卦男神”，校园内外大大小小的事情他全都知道。这个称呼王文文是有所耳闻，却也是第一次如此希望是真的。她在脑海里翻来覆去地假设着各种情况，无比期待却又有点害怕周一晨会，也就是公布结果的那一刻到来。

这种温暖的及时抵达，世间真是充满了各种气息与味道

这一次王文文忘了感谢田小聪，田小聪望着王文文小鹿一样离去的背影，怅然若失。最后他自己对自己补了一句，田小聪，谢谢你的古道热肠。你简直就是田雷锋。

周末的过去一向很快，就像欢乐总是很短一样。然而这个周末对于王文文来说，却像是经受弥久的煎熬。在几个好友的微信群里，任冉冉不止一次地表示，等她当了社长，一定会给其他人各种优待和好处，她甚至还发了朋友圈，让大家一起等她胜利与凯旋的好消息。王文文感觉自己的心口拧在了一起，打个结也不是，捋平了也不是。

该来的总归是会来的。在周一的升旗仪式上，管理学生社团的老师宣布，所有同学的申请书中，只有王文文的申请书详细阐述了对戏剧社的发展计划，和对戏剧的理解喜爱，最后经过学校老师的讨论，觉得王文文提出的计划切实可行，愿意给她一个机会，任命她为下一届戏剧社的社长，其他参与竞选的同学可以作为社员，继续自己的兴趣爱好，并且希望所有社员能与新社长一起努力。

老师宣布这个消息时，任冉冉刚刚站起身，准备从座位上走下来，笑容凝固在她的脸上，并隐隐开始有了裂纹。王文文觉得那张脸下一秒就可能掉落在地上，发出“啪”的一声脆响，会像一个鸡蛋那样洒下一地蛋花。这时候全场的焦点都在她们俩人身上，不过王文文十分庆幸大多数人都在看任冉冉而不是她。因为她觉得，她比任冉冉还要尴尬，仿佛是她剥夺了任冉冉从天而降的幸福。如果给她一面镜子，不出意外应该会是一

望出去的风景都像一幅幅画

张涨红的脸和一个半笑不笑的奇怪表情。王文文最怕的就是尴尬，对这种情况的应对能力更是为零。相比而言任冉冉则熟练得体多了，她向大家挥了挥手就坐下，脸上挂着的笑脸并没有像王文文预测的那样掉下来，反而更明媚了，晃得对王文文来说有些过于明亮。王文文想向任冉冉微笑，却又觉得不太合适，便只有是匆匆地刮了她一眼，就上台领任职书。当王文文站在台上，面对东升的阳光时，觉得这一天并没有秋天的萧瑟，反而还是很温暖的。

最萧瑟的人生，也必定会有许多的暖意。王文文脸上浮起了微笑，她想。

因为是学校新建的社团，也希望这个社团能够发展起来，这也为戏剧社提供了足够的支持，最后，每周三下午被定为了戏剧社的活动时间，指导老师是学校心理咨询室的李学森，据说他上学的时候是个学霸，拿的还是双学位。任冉冉并没有消

失，她最后作为社员进入戏剧社。一切看起来都是有条不紊的样子，直到周三上午，田小聪再一次在一个角落等待着王文文的出现。

周三上午，准确地说是中午吃饭前的时候，田小聪在同样的拐角劫到了王文文。王文文此时正在准备下午社团活动的事项，因此思维有些飘忽，对田小聪的故作神秘感到非常不耐烦。而田小聪像是理解王文文一般，并没有说话，只是很郑重地双手递给了她一张纸条，说我不想留一个我是个话痨的印象给你。我最多和你说一分钟比较精练的话……

王文文接过纸条，盯着田小聪看。田小聪说，你希望我说吗？其实我确实挺想说话的，你说人长了嘴巴，就是为了说话。眼睛呢，是心灵的窗户，那嘴巴就是心灵的气窗。要不你听我说一会吧。

王文文十分礼貌地说，请闭嘴。

田小聪愣了一下，最后他还是闭了嘴，用自认为很帅气的姿势一摇一摆地走向食堂，只留王文文一人在楼梯下用双手很郑重地接着那张纸条，仿佛捧的是一张奖状。

王文文边向食堂赶边打开了纸条。纸条很简短，是一行田小聪龙飞凤舞的字迹：绝密：任冉冉退社。除此之外，是三个意义不明的有一点轻飘的点，意味深长。看到字条之后，王文文呆愣数秒，便将纸条原封不动折了回去，塞进了上衣口袋里，快步像往常坐的餐桌走去。

餐桌上，任冉冉朝王文文招了招手，神色愉悦而自然。王文文则点点头，走到打饭的队伍里，远远地望着任冉冉的侧影。阳光流淌着，铺在餐桌上，映着任冉冉微笑的脸和秀发，泛出充满活力的颜色。王文文突然发现，除了微笑，任冉冉一般是没有其他表情的，这让王文文的心头浮现出一丝恐惧。她想到了很多惊悚片中微笑的女鬼，感到不寒而栗。站在队伍里，王文文甩甩头，像是要把这些想法甩出脑子。这让排在她身后的一个胖子学生十分迷懵和不解。王文文继续注视着任冉冉对其他人很高冷也很女神的样子，又从口袋里拿出纸条瞥了一眼，她的直觉告诉她那三个点意味深长，王文文却不愿往深处想。

一个下午的时间里，王文文的内心都在翻腾。她仿佛坐在一辆过山车上，在短时间内经历了突然加速，猛然下跌，以及无数次的左冲右突。但是，在表面上却必须维持着一切安好的样子。她无数次地告诉自己，任冉冉对她多么多么好，田小聪看上去有多么多么地不靠谱，可又害怕田小聪带来的是真实的消息。她的脑海中，早已不是两个小人在打架，而已经是群殴了。四面八方的声音涌向王文文的大脑，如同晚高峰期间涌向公交车的人群，嘈杂无比。在所有课上完之后，王文文狠狠地揉着那张田小聪塞给她的纸条，直到纸的表面开始变得毛躁且破碎。在某一个瞬间，纸条被搓成团，投进了垃圾桶，伴随的是王文文的一个投篮动作，以及一个焦躁的回头和甩门。

王文文提前十分钟来到了戏剧教室。教室位于教学楼的最顶层，与一个宽阔的天台相接，三面皆为落地窗，显得十分明亮。她怀着激动的心情在教室里踱步、转圈，口中念念有词，像是着了魔。她数了数，教室宽八米，长十四米，共十八盆植物，其中一盆的土里养着一颗多肉，教室四根柱子总体偏右，其中一根柱子上的画挂歪了约十度，唯一一张桌子表面有三条人为刻痕。她还第七遍校对了社团地址，第十一遍默背了这节课将要进行的活动程序。

然而还是没有学生来。

王文文卷起袖子，看了看表。社团时间已经过去了十五分钟，而教室依旧空旷地可怕。风从半开的窗缝里往里灌，有着秋天特有的劲道。

也许没有人会来，王文文站在教室中间颓丧地想，感到自己就像一片窗外的落叶，安静地躺在广袤的大地上不发出一点声响。就算声音扩散与传播，也没有人听到。下午的阳光已经西斜，把窗框投影在教室内的地上，投下的还有王文文的影子。王文文望着空荡荡的教室，心也是没有边际的。那是一种绝对的空落，但她没有哭，只是仍旧愣愣地站在教室中四处张望，第一次觉得这个学校陌生得可怕。

王文文拖着自己软绵绵的身子回到宿舍。金歌坐在书桌前，默不作声，抬头看了一眼王文文，便又低下头去。王文文闭了闭眼，把已经到眼眶边上的眼泪憋了回去，瞄准自己的床然后把自己扔了上去，铺成一个大字。她刚刚从老师口中得知，任冉冉在极短的时间内建立了一个表演社，原先提交过申请的戏剧社社员都去了她那里。

心也是没有边际的，那是一种绝对的空落

这是电光石火般的变化，用寻常的话语来形容，叫做迅雷不及掩耳。人生中的所有的瞬间，原来都有着暗流在涌动。

从傍晚到第二天早晨，金歌都没有和王文文说一句话。但是王文文能够感受到，金歌时不时瞟向她的眼神。大概是有什么事要发生吧，王文文裹着被子坐起来，胡乱拨了拨头发，便安静地坐在床上，一动不动，装作是一只刚刚在雨后生长出来的蘑菇。她希望这一切只是一个梦，她准备听听金歌会说些什么。但是直到金歌离开，她都没有等来像往常一样的哪怕一声招呼。任冉冉依然来找了金歌，却仿佛没有看到她，并在王文文准备开口叫她的一刹那关上了门。

王文文突然觉得，自己竟然在任冉冉的眼里成了空气。

王文文撇了撇嘴，认命地歪了一下脑袋。她依然准时地出现在了教室里。但是在她看来，这一个过程比以往都要漫长。

“看，那个就是王文文。”“哟，就一新生嘛，搞这么大动静。”“呵，还挺有手段的。”“哈哈哈哈哈哈，反正也搞不出什么名堂来。”这些议论的声音很轻，窸窸窣窣地响着，对于王文文来说，就好像是一群蜘蛛在集体摩擦前腿，发出咯吱咯吱的响声，难听且毫无意义。她被无数的视线所包围，伴随着窸窸窣窣的小声议论。这些视线很隐晦，不仅带着厌恶，还带着探究，并没有像针一样刺痛王文文的皮肉，却像章鱼的触手一样在王文文的脑子里搅动，别样地难受。她决定对每一个对她行注目礼的学生都回以一个专业的假笑，一直盯到对方心里发毛，受不住这份尴尬默默地移开目光。

然而王文文却发现，自己的方法并不是那么的美妙。长时间地坚持假笑是有副作用的。半天过去后，王文文揉着酸痛的脸颊坐在马可前，无精打采地拨拉着餐盘里的食物。他们俩坐的位置在一根柱子后面，十分隐蔽，是马可找的。在食堂门口，马可趁着没有人，偷偷地找到了王文文。其实他最先想的是，在教学楼下就找到王文文，可是他不敢，只是徘徊在连接教学楼和食堂的走廊上，四处打转，如同一只失去了方向的蜜蜂。马可是红着脸的，拉过王文文衣角的手在十分钟过去之后也依然有些发抖，比传递情报的特工还要紧张。

“那个……你好……我就想跟你说一下……”马可的脸更红了，似乎说话已经用尽了他全部的力气。他不断地回头，观察四周学生的动向。王文文肯定，他是在害羞。

“任冉冉说，”马可咽了咽口水，觉得接下来的话很难说出口，此时的他已经抖成了一个筛子，王文文甚至开始怀疑，

是不是有一个隐形的人，站在马可的身后，拿枪指着他。

“你是拉李学森的关系才拿到的社长位置！”马可眼睛望向墙上贴着的活动照片，终于大声地说出了这句话。他甚至还咬到了自己的舌头。让他来告诉自己这个消息也算是为难了，王文文托着下巴，望着匆匆离开的马可的背影若有所思地咧了咧嘴，牵动了她疼痛的面部肌肉。马可给她带来的感觉很奇怪，她觉得，从前的马可虽然害羞，但是说话至少还是利索的。

王文文极其平静地度过了这一天，看上去迟钝得像个刚从地里挖出来的土豆，甚至还带着一点出土时的泥巴，哪怕她心中早已闷成了一只音色优质的牛皮鼓。等回到寝室，王文文觉得有些疲惫，换句现代一点的话说，就是心累。这个晚上，她早早地躺到床上，盯着空调上一闪一闪的小红点，辗转难眠。大多数时刻里，王文文都在思考，她认为黑暗是带来灵感的最好的空间，而收集灵感最好的方式就是与地面平行。她觉得装傻是一个绝妙的方式，但是被孤立的痛苦还是不可抑制地蔓延开来，比细菌的传播还要快。她曾发誓决不会为这种小事流下眼泪，但还是抵不过一个孩子该有的委屈情绪。王文文仰躺着，泪水从眼角向发鬓流去，像一条一条小溪曲折又杂乱无章，不时地从被子里伸出一只手去拿一张纸巾，掩饰自己的时不时的冲动。她觉得有一句话还是对的，哭是一种很好的发泄情绪的手段。今天的王文文就是一个得了感冒的蚕蛹，在床上安静到没有存在感。她把自己埋在被子做的坑里，拨通了妈妈的电话，一句话也没有说，只是抽泣着，需要一个地方不是被子的地方来包容她的眼泪。

直觉告诉她，在这个不熟悉的校园里，她无力改变什么。是什么时候在霍格中学里开始觉得顺风顺水的？她问自己，闭着眼睛翻搅着自己的记忆。一个名字浮现在她的脑海里：任冉冉。她苦笑，嘴里低低地念，任冉冉，我以为我们能成为好朋友的。

泪水像一条一条小溪曲折又杂乱无章

4

时光 请别叫我念

four

突然出现的微弱的光

只是最后一点余温

“醒醒，快七点了。”出乎王文文意料的，第二天早晨，她又睡过头了。而更出乎她意料的则是，金歌叫了她起床。她用惊讶的眼神望向金歌，一头乱发顶在头顶，比鸟窝还要蓬松，十分有立体感。王文文盯着金歌发呆约五秒，金歌可以看到，王文文的眼神里带着一点不解和困惑，还有一点惊喜，而更多的则是迷茫。金歌看到王文文的样子，突然笑了一下，又像是想起什么似的渐渐转过头去，隐去了笑容。空气中的尴尬开始生长、移动，噼啪作响，对于这种问题，王文文依然是没有经验的。她直挺挺躺倒回床上，撞击床板发出咚地一声响，把自己再次捂到被子里，轻轻地道了谢。被子捂得很严，让“谢谢”这两个字变得有一点点沉闷，和另一点点喜出望外。王文文躲在柔软的被窝里，享受着上课前的最后一点余温。她突然觉得，金歌像一道突然出现的微弱的光。

当王文文下定决心挣扎着起床后，金歌已经被任冉冉拉出了寝室。王文文望着有点空旷的房间，和干净到无法挑剔的门背面，觉得，有时候人也是没有选择的，对待脆弱的友谊更是如此。

王文文每天的生活都好似变成了一场走秀，拥有无数的注视。她初来乍到，还没来得及收获一份牢固到可以抵抗流言蜚语的友情。她觉得有些无聊和麻木，竟也头一次对整个学校产生了一点排斥。沉默不语成了她的主旋律。像个哑巴，她自嘲，却发现根本没有人理会世界上多了一个哑巴。头一次地，王文文觉得自己很渺小得像一只蚂蚁。

但是这些情绪只够持续到下周的晨会。王文文在台上看到了任冉冉。今天的任冉冉并没有披下头发，或是做出可人的发型，而是用一根有着大蝴蝶结的银色的橡皮筋扎起了马尾，在阳光下折射着刺眼的光线。她轻咳一声，成功地把视线都吸引到了她的脑袋上，在大片的视线里任冉冉宣布，霍格表演社正式成立，并已经就第一个项目与戏剧专业毕业的李学森老师做过讨论，希望同学们可以支持。王文文确信，在发完言之后，任冉冉朝她露出了一个甜腻的笑容。没有讽刺，没有挑衅，甚至也不公式化，却十分甜腻，像是星巴克里加满了糖的咖啡。

在阳光下折射着刺眼的光线

在一个阳光明媚的中午，一个阳光明媚的角落，王文文拽住了田小聪的袖子，把他从人流中带了出来。“你能加盟戏剧社嘛？”王文文问得小心翼翼，有点期待结果却又害怕它。空气的沉默让王文文的心冷了冷，她情不自禁地裹了裹外套，盯着田小聪的每一个细微的表情。田小聪歪着头，咧着嘴，露出两排刷得很白的牙，眼神里除了不解还剩下不解。

王文文知道，他想装傻，却装得很失败。

“哟，给了你两小道消息就找到我来了啊？”田小聪笑得不怀好意，“你不会是喜欢我吧？”没等王文文有机会翻个白眼接话，田小聪却突然收了笑容，用王文文的话来说，是完全没有了前一秒的欠揍。他一脸严肃，拍了拍身上并不存在的灰，抚了抚衣服上并不存在的褶皱，认真地像是在要讨论国家机密。“十五字以内低等难度信息五元一条，三十字以内中等难度信息八元一条，六十字以内高等难度信息十五元一条，特殊难度的信息（由大侠田小聪决定难度）价格面议。或者可以花十元成为月费会员，可以在一个月内使用十五字业务次数不限，以及一次三十字业务。新会员可得到两次试用机会。”田小聪面无表情，在十五秒钟内背完了这一百余字，像是一只不断吐泡泡的螃蟹。王文文则双手抱在胸前，换了一个站着舒服的姿势，缓缓地把脑袋歪向另外一边，故意用懒洋洋地语气问田小聪，“哦？那么你说要多少钱才能让你进戏剧社呢？一万够不够？”话音刚落，田小聪的脸突然空白了一下接着又变回了王文文所熟悉的吊儿郎当的笑容，忙说“不用不用，免费免费”，接着便拖着王文文去食堂，似乎是想用食物堵住王文文脱口而出的为宣传社团所准备的华丽辞藻，或是可以堵住即将要给他的任务。

经过王文文这个被人坑走了所有兵的光杆社长两天的努力，戏剧社增加了两个社员，一个是田小聪，另一个是马可。王文文在半夜里皱起眉头，不断在心中发出叹息，她觉得自己现在就像一根蔫掉的黄瓜，无精打采。同学早就都被任冉冉吸引了过去。她知道自己虽然还没老，但是发出的叹息已经非常老了，好像害怕再不抓住生命的美好就会错过。以至于在凌晨两点的时候，王文文还在键盘上噼啪打字，并且没有要停下来的意思。台灯的光线在一片黑暗之中有些过于明亮，晃得她睁不开眼。空调在发出单调而机械的噪音，与打字的节奏交响成一片，使得王文文的心更沉重。她已经写到了第七个社团计划，却始终无法招募到同学。没有社员，美好的愿景也便只能称为愿景，看不到丝毫的未来。她希望，“七”这么个有魔力的数字，能够让一切变得更好。她记得有人说过，在走投无路的时候，可以试一试把一切交给天数。

5

时光 请别叫我念

five

这好似平静海面下的暗流在不停地涌动着

社团计划的第七稿有没有作用，王文文还不知道，但是在第二天的中午，王文文坐在任冉冉的面前，觉得一切都发生得太快。

“王文文，”任冉冉坐在餐桌的对面，跷着二郎腿，身体后靠，依旧是王文文所熟悉的任冉冉式微笑，“你想挖我的人？How dare you?”王文文感觉到，任冉冉的语气很平静，但是平静底下是被隐藏了的怒火，或者是隐蔽的火药桶。这好似平静海面下的暗流在不停地涌动着。

“没有。”王文文坐在任冉冉对面，也跷着二郎腿，身体后靠，简单地回答，她想，不就是微笑吗，她也会。

“王文文，你听好了，别以为侥幸选上社长就能有什么作为。”任冉冉放低了音量，却加重了语气，“你有资源吗？有剧本吗？我请来了有名的独立戏剧人袁大力到学校，你请了吗？”任冉冉此时身体已经前倾，凑近王文文，显得有点咄咄逼人，然而她的语气却越发地轻柔，笑容也越发地灿烂，远远地望去，似乎任冉冉与王文文依旧是很好的朋友。只有王文文知道，任冉冉的话语在她的心理敲下了不轻不浅的痕迹。她想要忽略任冉冉的挑衅，却发现，自己要走的路，真的还很长很长，自己与他人的距离，真的还很远很远。

剧本？王文文回想了一下，她甚至还没有在电脑里为剧本建过一个文档。

即使在最黑暗的时候，我们也能找到快乐，只要记得把蜡烛点亮

当王文文真正看到著名的袁大力来到学校时，觉得有一些恍惚。那天是万圣节，王文文还记得她披了一件拖到地面的黑袍子，手里拎着一把网购的塑料做的死神镰刀，戴着使她看不清前方的兜帽，来到了万圣节派对。大厅里的灯光光怪陆离，变幻不定，但是舞台上的灯光却全集中在一个人身上。他张开双臂，做出拥抱大家的样子，模仿邓布利多校长致辞，胡子也很浓厚，像是墨水晕开在生宣上，糊了他半张脸。与胡子不相称的是他的头发，寥寥几根紧紧地贴在油光发亮的头皮上，梳得倒是很整齐，有着明显打理过的纹路。他的每个动作都夸张而饱满，也因此显得有些滑稽，然而他并不在意他人对自己的嘲笑，他说，嘲笑是对艺术家最大的肯定。

他又说，谢谢大家的肯定。

袁大力是来演讲的。他总是喜欢演讲，喜欢和小孩子打交道，也喜欢各种可以举办派对的节日。万圣节就是其中之一。

袁大力，自称戏剧风格独树一帜，代表作品不多，倒是常年出入于各大学校的礼堂，知识的储存量和段子数不相上下，在上海颇有名气，很受欢迎。

当学生来得差不多了，大厅突然陷入了黑暗，袁大力悄悄地拿出了几支蜡烛，“即使在最黑暗的时候，我们也能找到快乐，只要记得把蜡烛点亮。”这是邓布利多的话，王文文记得。与此同时，任冉冉悄无声息地接近了她。“万圣节快乐。”任冉冉站在王文文旁边，一同看着袁大力夸张的表演。任冉冉话音刚落，便留给王文文一个高挑的背影，从容而自信地走上了舞台。

任冉冉没有听到王文文的那声万圣快乐。她和袁大力站在一起，光彩夺目。

“Happy Halloween！”任冉冉甩了甩黑色的长发，脸涂著名独立戏剧制作人袁大力！

得煞白，嘴唇鲜红，画了一个吸血鬼的妆，眼眶周围有夸张的喷溅状血迹。她站在台上，十公分的高跟鞋支撑着瘦削的身子，像是峭壁上立着的一块岩石，有那么一点摇摇欲坠。聚光灯打在她的身上，有点像明星登场的样子。“我现在为大家介绍的是——”任冉冉伸出一只手臂，把大家的目光引回到袁大力粗壮的躯干上，“著名独立戏剧制作人袁大力！”台下同时响起的，是同学们此起彼伏的呼声，和背景的摇滚音乐夹杂在一起，汇成了一个喧闹的夜。

王文文拿了一杯血红色的饮料，坐到了一张被放在角落的沙发上，看着在舞台上神采飞扬的任冉冉和袁大力。偶尔她的目光会飘忽起来，会望向在会场边帮忙维持秩序和发饮料的金歌，一群在舞台下聚集的摇摇晃晃的学生，以及坐在不远处的几对情侣。王文文喝了一大口饮料，尝到了某种莓的味道，甜到喉咙觉得有些痒。放眼望去，热烈的气氛随着袁大力的欢呼更加高涨，张牙舞爪的学生像移动的自由粒子一样漫无目的，在交错的轨道上偶尔发生一些碰撞。“年轻真好。”王文文眨了眨眼，突然地喃喃，沉浸在一个诡异的想法里，直到一个声音打断了她的思绪。“拜托，你比他们还小。别搞得跟七老八十似的。”

猛地抬头，王文文看到的是田小聪的一个侧影。他恰好经过这里，手里捏着一张纸条走向旁边坐着的三五个学生的聚集地，在丢下纸条后那个地方传来了压抑不住的笑声。是啊，但是还是有代沟，王文文想着，她环顾四周，身边没有其他人，自己就像一个孤独的幽灵飘荡在万圣节的夜里。还真是符合气氛，王文文有些讽刺地想，都不知道什么时候自己的文采会那么好。离开学已经过去了两个月，但是她熟悉的人只有区区几个，数数都不需要伸出双手。而因为和任冉冉的矛盾，这个数字还有递减的趋势。

真是失败的人生。

王文文突然间觉得很压抑。似乎她有很多事要做，却想不出到底应该干什么。她决定去天台上走走，离开这个空气厚重又浑浊的地方。仰头喝干了杯子里红色的甜腻的饮料，王文文咳了咳，坚定地迈开步子飞似的来到了门外。迎面而来的冷风让她的头脑有了一瞬间的清醒，却又很快落入到消沉之中。王文文趴在栏杆上，数着天上的星星，一共只有两颗，悬在不那么黑的黑夜里。她开始回忆在霍格中学里新鲜到让人焦躁的日子，但隐隐约约竟已记不太真切了。两个月的时间很短，但也很长，长到足够让她忘记掉开学时的兴奋与期待。王文文还披着黑色的袍子，站在阳台上，和这夜色一起组成了四个字“风中凌乱”。她用塑料做的死神镰刀百无聊赖地拨拉着栽种在栏杆边上的一种不知名的草，发出窸窸窣窣的响声，直到一声抽泣打断了她对草的摧残。

王文文回头，看到了一个推门而入的女孩。她偏棕的卷发盘起，戴着一顶白色的花冠，背着一对白色的羽毛翅膀，一袭洁白的长裙，俨然打扮成了一个天使的样子。女孩双手捂着脸，透过指缝，王文文能看到她不断流下的泪水。她抬头看到了王文文，眼中闪过一丝惊讶，胡乱地用手背擦了擦眼泪，显然没有料到阳台上会有人。

她吸了吸鼻子，嘴角微微往上勾了勾："你好，我叫白琼。"

头脑有了一瞬间的清醒，却又很快落入到消沉之中

“你好，我是王文文。”王文文也勾了勾嘴角，她依稀记得这个不时被老师提起的名字。“你还好吗？”

白琼点了点头，转身欲走。当她抬头透过玻璃门望进大厅里的时候，突然顿住了。王文文也顺着她的视线看过去，发现任冉冉已经从台上下来，只剩下袁大力在台上滔滔不绝，不时挥舞着他力度感十足的手臂，头皮闪闪发亮。在王文文之前坐过的角落里，现在坐的是任冉冉和许多远，他们手里捧着两杯一模一样的咖啡。白琼猛地转过身来，也不顾王文文的存在，眼泪又开始无止尽地滚落下来。十月底的风已经有些刺骨，王文文能体会到白琼不由自主的颤抖。王文文看看那个荡漾着某种情意的角落，不知道为什么有一丝不悦从心底升起来。她又看看白琼颤抖的身体，又看看白琼挂满了泪水的脸颊，一时间开始不知所措，那一点小小的不悦便也烟消云散。两个人在阳台上站立了许久，王文文几次想开口，却只是无声地张了张嘴，拿不定主意说什么话来安慰这个伤心的女孩。最后还是白琼开口，打破了尴尬的场面。

“我喜欢他。”白琼的声音有些闷闷的，还带着一点哭腔，但此时情绪已经稳定了下来，“过不了多久你应该也会知道了。”她走到栏杆边上和王文文并排，也抬头看了看天上的星星，依然只有两颗。

“我喜欢了他整整三年。整整三年，从我认识他之后不久，一直到现在。我喜欢看他打球，他参加的球赛我一场也没有落下过，我甚至为了他开始学打球。他也踢球，实际上，他看上去所有的运动都非常好。他总是和一帮子男生在一起打打闹闹，我就跟在屁股后面收拾残局。好几次进了医务室都是我带他去的，还帮他送水送药送饭。我只想让他觉得，无论发生什么事我都会在他身边。”

“后来我们开始在微信上聊天，就像是最亲密的朋友无话不谈。我们一起抱怨老师的作业抽查，一起吐槽学校的严格规定，我们从草木谈论到汽车，从空气谈论到宇宙。我们天天从早安一直说到晚安也不会有找不到话题的时刻。王文文，我不是那种因为许多远会点运动就追着她不放的girl。我知道他有许多优点。他前段时间受伤了，学校以为他是踢球摔的，实际上不是，他是为了保护他妹妹打架受伤的。”

“我在去年差点就对他表白了。是的，差点。所有人都知道了我喜欢他，只有他不知道。去年任冉冉来到了我们学校，不知怎么认识了他，就开始勾引他。不要觉得我用词太过头了，她就是在勾引。她想办法找许多远，邀请他一起去玩，一起去参加各种比赛，找他聊各种天。真希望他能认清她是个什么货色。”

白琼的声音一直都很平静，很不像刚刚哭过的样子，仿佛在述说一个与她无关的陈年破事。王文文伸出手拍了拍她的背，以示安慰。

白琼像是找到了可以倾诉的“吴哥窟树洞”，自顾自说了下去。

“我今天晚上跟他表白了。但是我发现他手上拎着的咖啡是给任冉冉的，任冉冉还特意从台上跑了下来，和他坐在了一个角落里。于是我就来了这里，没想到碰到了你。”

除了有一搭没一搭的附和，王文文再也说不出什么，一时间场面再次陷入了沉默。王文文尝试着说点什么来缓解尴尬，却发现自己的大脑完全没有来得及准备一套应对这种状况的方案。她最终还是含糊地宽慰了白琼几句，希望这个小个子的女孩能够恢复过来。

“不是你的东西，最好别要。”王文文最后说。

“如果你愿意信任我，那么你多了一个朋友。”王文文最后的最后说，她侧着脸，认真而专注地望着白琼。

令王文文没有想到的是，第二天戏剧社的活动时间里，白琼闯入了这个只有三个人的空旷的教室。王文文，田小聪和马克都十分惊讶，显然没有人事先料到她会来。

我要加入你们，白琼说。

在呆愣了几秒之后，王文文高兴地欢迎了白琼。她隐约觉得，她的第七套方案，和这个神奇的四人小组，足以应付初期的准备了。

6

时光 请别叫我念

six

一切都似乎回到了正确的运行轨道上去

最终的戏剧计划出来了，白琼和马可负责剧本，王文文负责对外联系，田小聪负责后勤。一切都似乎回到了正确的运行轨道上去。戏剧的主题已经确定了，是一个关于小丑的故事，这也使白琼和马可的工作推进得很快。田小聪一直唠唠叨叨地在计算着开销，甚至已经开始画树形图来帮王文文选择方案。此时王文文却没有办法把注意力集中到戏剧上去。刚刚结束的期中考试里，她在各科的成绩都不是很理想，尤其是方老师教的数学，才勉勉强强低分划过及格线。

这天下午没课，王文文在图书馆里已经坐了三小时了，她把自己埋进厚厚的书堆里。像个呆子，王文文愤愤地想，在草稿纸上划拉着，涂出一个个动物的图案。显然，她对数学一窍不通，还有个不待见她的数学老师。她动了动椅子，椅子与地面摩擦发出了嘎吱的声音，引来了图书馆老师不满的目光。她心虚地低下头去，这已经是一个下午的第十一次了，她不确保什么时候会被老师扔出图书馆外。坐直身体，王文文又往下翻了一页书，书上密密麻麻的字母和公式让她感到头痛。她挫败地趴在桌面上，一动不动，直到一个阴影笼罩了她。是John Walker，同学们给他取了个绰号叫行者武松，是一个爱抽烟斗的英国老头，平时总是笑呵呵的。但从他身上，却丝毫看不出有一点敢于打虎的气势。他也是数学老师，不过快要退休了，所以最近上的课很少，大多数时间都待在图书馆里。王文文之前也常常碰到他。他也胖，但是跟爆米花不同的是，他很温和。照田小聪的话来说，他像一朵太阳花，从来没有人见过他生气的样子。

“Hi王文文，”老头开心地在王文文对面坐下，“有人告诉我你似乎在数学上有一点小问题，所以拜托我来解决你的烦恼。”老头神秘地眨眨眼。

在那一个下午经过武松的提点之后，王文文在数学方面的表现可谓是突飞猛进，用她的话来说，就是打开了新世界的大门。

一动不动，直到一个阴影笼罩了

在周一的数学课里，方老师拿着一叠试卷踏进了班级。并没有像往常一样急着发下试卷，方老师先是站在教室的前端，抖了抖卷子，架着老花镜一般从镜片上方环视了一圈整个教室的学生，然后在王文文身上定住。

“想必我们都知道，一个人最重要的品质就是诚信。”方老师尖利的眼神让王文文觉得很不舒服，她不安地在座位上扭动了一下，而这个动作也立刻被方老师判定为心虚的表现，“而有些人，却总是想要拉低整个学校的素质。”方老师暂时移开了目光，替换成了一个假笑。

“现在开始报一下成绩。”

“第一名，93分，张小。”

“第二名，91分，任冉冉。”

“第三名……”

王文文像往常一样，无聊地坐在下面拨弄着指甲，她知道老师从来只报前十名的成绩，而前十里面肯定不会有她。在这之后就会是讲卷子，然后订正错题，然后下课。无聊而冗长的过程，却不得不忍受，倒也已经习惯了。

“第十名，王文文。”

这之后是一个漫长的停顿，王文文好长时间没有从震惊中回过神来，维持着坐姿一动也没有动。她感受到了方老师放在她身上的像探针一样的视线，如芒在背，她嘲讽地想，这也许是方老师给她注意力最长的一段时间了。沉默在教室中弥漫开来，全班同学都把目光投在了王文文身上，有的带着好奇，有的带着同情，而更多的则是与方老师一样的质疑。好吧，王文文在内心里尽力说服自己，这很正常。

好长时间没有从震惊中回过神来，维持着坐姿一动也没有动

“王文文下课后留下来。现在我们继续上课。”方老师用一句话简短地结束了沉默，转身把卷子抛给了离她最近的同学，敲了敲黑板，开始她乏味的讲课。

这整一堂课王文文都没有听进去，不同的情绪从她的不同器官里涌起来，汇集到大脑里。她打不定主意应该拥有哪一种情绪才是正确的，她想装作毫不在乎，却又实在忍受不住心中的委屈；她不想让自己看上去那么经不起批评，同时却收不住对方老师的厌恶。整整一节课，王文文都在恍惚之中度过。

中午时，王文文沉着脸从方老师的办公室里匆匆出来，发现所有人都在议论着任冉冉。正在气头上的她，粗暴地抓住旁边一个人的就问，“任冉冉怎么了？”那人弱弱地拍了拍她，拿手在她眼前晃了晃，叫了一声“王文文。”便支支吾吾说不出话来，王文文才发现，她拉住的是马可。

“抱歉，我太激动了。”王文文有些不好意思地笑笑，但随即又恢复了面无表情，写满了“生人勿近”四个大字，让马可看了有些害怕。

“那个……是一部剧，就今天晚上，任冉冉排的。”马可看了看王文文的脸，生生把“你要去吗？”这半句吞了下去，只是有点局促地站着，踏出了左脚收了回来，抬头看看天又看看地，显然不知如何是好。王文文连忙放开了他，后退了两步。我去看，王文文说。

王文文想知道任冉冉到底有多少能耐。

到了晚上，学校的剧院里熙熙攘攘，人潮汹涌，全部是冲着任冉冉的话剧去的。剧院早已被装扮一新，替换上了一个大草原的背景，满眼都是明亮的绿色。虽然戏剧还没开始，但是音乐已经准备得如火如荼了。王文文毫不怀疑他们已经用上了春节联欢晚会的音乐。

当幕布徐徐拉开时，王文文发现，这是一部改编自《狼图腾》的戏剧，也就不奇怪会用到大草原的背景了。节目单上显示，这部剧有足足三个小时长，也就是说占掉了同学们的整个晚自习时间，但还有这么多的学生愿意前往，这让王文文的心里很不是滋味。而看到一小时之后，王文文注意到在剧院里的大部分同学都已经睡着了，像被砍了的树一样一排排倒了下去。在台上演的可能是《狼图腾》，但此时的台下已经变成了《周公解梦》，王文文毫不怀疑，如果不是音效的缘故，她还能听到同学们的呼噜声。

当三个小时的戏剧落幕时，同学渐渐醒了过来，任冉冉带着全体演职员，也登台向大家道谢。在走出会场的时候，任冉冉站在门口，所有同学都要经过她的身边，王文文听到了隐隐约约的赞叹声：“这部剧很好！”“表演太精彩了！”“辛苦你们了，期待你们的下一部剧。”在一片虚伪的称赞声中，同学们推推攘攘地挪动回了宿舍，王文文却是顿时轻松了起来。剧情普通，视觉效果普通，台词普通，不能说它很差，却不得不承认是无趣的。不要总以为别人总比自己好，王文文想，也许任冉冉成绩顶尖，人际关系丰厚，但是有些经验和天赋总是得不来的。

对所有同学来说，刚考过试的周末很美好，没有咆哮的老师，没有烦琐的活动，没有成堆的作业，也不用很早起床，可谓人间天堂。王文文被爸爸妈妈接回了杭州，金歌回到了宁波。这个周末出现了许多归巢的孩子，四散落在长三角的各个角落，星星点点。许多远是。周日下午，他约了三五个兄弟一起去看电影。看的是《大话西游》，是电影院举办的缅怀经典的活动。许多远戴着耳机，耳机里放着《shape of you》，浑身洋溢着兴奋的气息走在马路上，忍不住还会一蹦一跳。他飞快地在微信群聊里打着字，像每一个现在的年轻人一样，眼睛没有在屏幕上离开过半秒。就当他刚刚发出“马上到。”之后，下一秒，他只听到一声刺耳的急杀声，脑子里砰的一声响，便失去了意识。

在当天晚上，“许多远断了骨头进医院了”这条消息转遍了同学们的朋友圈，关于他伤势的猜测众口纷纭，有说是许多远自己掉坑里的，有说是许多远撞了树的，甚至还有人信誓旦旦地说是许多远被外星人绑架了的。带着许多离奇的猜测，同学纷纷自发到医院去看他。因为手术的缘故，同学们尽管并没有见到本人，却依然留下了山一般一堆礼物，里面有最为普通的贺卡，也有一些稀奇古怪的小零食，更有价值不菲的耳机、鼠标等许多远喜欢的东西。

下一个周六，来看许多远的同学依旧络绎不绝，大多数都是他的好哥们，还有与他比较相熟的同学。当王文文摸摸索索，顺着指示牌找进来的时候，是中午十二点了。冬天的阳光透过窗户照耀在病房里，不算温暖，却也稍稍有些暖意，是一个难得的好天气。大概是中午吃饭时间的缘故，早上来探望的人都已经散去了，只剩下任冉冉和白琼一左一右守着，像左右门神。

"Hi."王文文惊讶地看到在病床前对坐的两人，和一个睡着了的许多远。打了声招呼之后，她随手把一罐自己折的星星放在了许多远床脚的礼物堆里。白琼和任冉冉看到了她，都只是淡淡地点了点头，便回到了两人之前的对峙状态之中去。是的，对峙，这是王文文唯一能感受到的。从窗户里漏进来的阳光也不能抹平她们之间剑拔弩张的半点气氛。

王文文内心有一点挣扎。如果立即就走，似乎就显得太失礼了，但是留下来，似乎也只会使病房里的气氛更加尴尬。王文文环视了一眼这个豪华的单人病房，最终决定坐在了剩下的一把空椅子上。

“你们很早就来了吗？”她开始艰难地没话找话。

“嗯。”白琼和任冉冉这时候倒显得很默契，几乎异口同声。

王文文再次看了一眼空旷的病房，以及躺在床上呼呼大睡的许多远，“话说他的父母呢？”好问题，一个吸引了两人的注意力的好问题。任冉冉也像王文文一样，露出了好奇的眼神。白琼显然也很喜欢这个问题，她挺了挺胸，回答道，他的父母离异，父亲工作忙碌只打了个电话过来，就给他安排了最好的房间。继母来过一次，许多远不理她，早就被气走了。白琼虽然有一点悲伤，话语中有替许多远打抱不平的意思，但实际上她比王文文刚进来时高兴了一点，坐得笔挺，头也昂了起来，泄漏出了一点因为知道内情而产生的小小的得意。任冉冉有些不高兴地眯起了眼，没有去看白琼，反倒是打量着王文文，似乎认定这是王文文想让她难堪的一个计谋。

当厌恶一个人时，不需要任何理由。

似乎气氛又不太对，王文文意识到。看时间也过去了一些，王文文最终还是坐不住了，起身匆匆告辞。一路上，许多远占据了王文文整个的脑海。她想到刚开学时，许多远在砸了她电脑时的嬉皮笑脸，和说要赔她两台电脑时的无所谓。她想到了偶然间听到许多远和他父亲的争吵，他父亲说，你只知道钱，许多远反驳，那你呢。她想到了在她妈妈帮他送来领带时，许多远的嘲笑和他语气中的落寞。她想到了同学们在谈论的八卦，说是许多远的生母后来找了一个比她年龄小的男人，马上要出国了，也不知道是为了绿卡还是什么。这些细碎的片段开始反反复复前仆后继地出现在王文文的脑子里，几乎持续了整整一个周末。王文文不想用同情去笼罩许多远，却不可抑制地感到有些悲哀，但又无能为力。

两周后的星期一，许多远出院了，腰上、手臂上都还吊着绷带，样子十分滑稽。一大堆同学都聚集在校门口欢迎他的到来，一边嘲笑他现在的装扮，一边热心地扶他进学校，很快就热火朝天，打趣声、慰问声混杂着风声和读书声，渐渐没入了校园深处，与不大的学校融为一体。

打趣声、慰问声混杂着风声和读书声，渐渐没入了校园深处

周一的早晨按理说是要提早到校，以给学生们空出时间收拾东西。但很不巧的是，这一天王文文睡过了头。虽然说因为任冉冉的缘故，王文文和金歌的关系并不友善，但是金歌的心很善，在有几天王文文快要睡过头时也愿意在提醒之后再出门。结果这个周一王文文没有被闹钟叫醒。她急匆匆地走在地铁口到学校之间约莫五分钟脚程的人行道上，拖着一个行李箱，顾不上被风吹乱头发，或是因为大幅度的动作而被扯歪了的领带，她几乎是狼狈地向学校大门移动着。不能迟到，王文文有些悲愤，以一秒钟一次的频率看着手表，希望自己能获得一个叫幻影移形的技能，或者再高级点，让时间静止也可以。同时她还咬着牙，对学校大门作着最后的冲刺，看起来略微有点像电影里那种被追杀的场面。

但是，非常不巧，她被一位中年女子拉住了。

“请问您是？”王文文在这个时候十分想要咆哮，但她头脑清醒，还是耐着性子问了问。

“许多远在哪，我找许多远。”女人似乎并没有感受到王文文快要沸腾起来的焦急感，依然紧紧拉着王文文的衣服，“我是他妈妈。”

王文文顿时明白了，根据时不时传到她耳朵里的八卦推测，她是许多远的生母。她注意到这个女人面色苍白，但是保养得很不错，丝毫看不出来她儿子已经上了高中。虽说眼角已经稍微有了一些皱纹，但是也掩不住五官曾经的精致。她的眼睛却有些微红，似乎是哭过的样子，也许是为了她的儿子吧？

“你是他的同学吧？认识他吗？”王文文点点头作为回应。心说，化成灰也是能认识的。

“请问能不能帮我找……”女子犹豫地开了口，一瞬间眼睛似乎亮了亮，却又在下一瞬间黯淡了下去，“请问能不能帮我转告他，我要去美国了，虽然已经半年没有说话，但是依然很爱他。希望他的伤能快点好起来，也希望有朝一日他能理解我。”王文文表面上平静地点着头，实际上内心已经被许许多多的问号给吞没了。她注意到女子的眼睛又红了起来，似乎又有要哭的征兆。

好。王文文说。一定。

但是似乎王文文的保证并没有起到什么作用，女子的眼泪挡不住地流了下来，悲伤之情在她的眉眼之间盘旋，久久不散。似乎是意识到了自己的失态，女子很快抽出一条手帕抹了抹眼睛，再小心地叠好塞进口袋里。然后从王文文也不认识牌子的一个名贵手提包里找出了一封散发着淡淡的清香的信，不容拒绝地塞到了王文文手里。

“请转交许多远。谢谢你。”

“也许他只是不忍过来看你。”王文文扯了扯嘴角，看着那个憔悴的母亲，出声安慰道，王文文说完，自己都觉得有些脸红，她不再望向这个女人，而是拖着行李，冲进了学校的大门。走出很久以后，当她回头时，看见女子在寒风中依然望着学校。她不是在望着她，看她能否把信送到，王文文知道，她是在望着学校的某个教室，那个教室里现在一定有她的儿子。

悲伤之情在她的眉眼之间盘旋，久久不散

7

时光 请别叫我念

seven

许多远的咆哮在食堂里荡出一阵阵回声

“王文文！”中午时分，许多远的咆哮在食堂里荡出一阵阵回声，“你凭什么！？”虽然许多远还吊着绷带，但是王文文根据听到的声音可以保证，许多远经过几个星期的休息已经恢复得差不多了。

“你有什么资格收下她的信？还说什么‘我不忍心’！？”在食堂里，许多远看也没看就把信丢在一旁的桌上，愤怒让他的表情有一些扭曲。任冉冉站在他旁边，还没来得及走远，显然也被他吓得不轻。周围的同学因为他的咆哮聚拢了过来，在王文文和他的身边围成了起来，大多数人的表情都顶着“幸灾乐祸”或者“吃瓜群众”的大标题。

“也许他只是不忍过来看你。”许多远捏着鼻子，阴阳怪气地模仿王文文说话。“也许？你以为你是谁？”许多远不屑地从鼻子里喷了口气，五官都纠结在了一起。王文文看了看站在他身旁，想走却不太挪得动步子的任冉冉，一切都明了了起来。是任冉冉听见了她们的对话，但是，这传达速度也算是够快的。

“看见她哭的样子的人又不是你！”王文文看着那封被随意甩出去的信，也开始生气起来，不自觉地提高了音量，“帮她递个信就是我的错咯？随口安慰一下就是我的错咯？都怪我咯？”王文文毫不怀疑，如果旁边有个垃圾桶的话，那个垃圾桶已经倒下了。旁边有个本子的话，那个本子也已经尸首无存了。

她知道自己的怒气，足以燃烧了空气。

两个人的声音混杂在一起，在食堂不大的空间里激起了一层又一层的回声，使音量被放大了好几十倍。围观的吃瓜群众越来越多，许多远和王文文都感到有些尴尬，但是气愤让他们都忽略了面子问题。事实上，王文文觉得如果不是自己的性别为女，而许多远又受了伤的话，那她和许多远早已大打出手了。

大打出手说不定就是解决许多矛盾最好的办法。王文文这样想。

“你这个自私的人，有什么权利阻拦她！”王文文继续生气，而生气过了头的表现就是不再想说话。她终于扭头就走，率先突破了已经围了里三层外三层的人群，冲向了教室。许多远看着王文文离去的方向，大声地吼着“你给我不要多管闲事！”同时气呼呼地一脚踹上了旁边的一个凳子，大幅度的动作让他牵动了伤口，许多远嘶了一声，气势顿时弱了下来。看王文文已经离开了食堂，许多远最后也不再言语。任冉冉却看了看两边的人群，选择了跟在王文文后面。所有的同学都以为，她是要去安慰王文文。

下午的第一节课又是爆米花的化学课。许多远本应坐在王文文身边，并跟王文文一组。然而他却不声不响地跟田小聪调了位置，坐到了教室的另一头去。而让王文文更加惊奇的是，爆米花竟然没有发现位置的变动，还自顾自地上起了课。到第二天，王文文发现了事情的严重性。许多远在所有的课上都坐到了离王文文最远的位置上，无论老师同不同意，都倔强地坐在那里，坚决不挪动半寸。

王文文觉得有一些好笑，因为许多远的样子对她来说，有点像一只倔强的哈士奇。或者，许多远就是一只哈士奇。

洋洋洒洒下了一日，也不过是给上海添了一层淡淡的白色

说实话，说不在意，王文文是真的有些在意的，但是还好到来的期末考试吸引了王文文大部分的注意力。每天的课余时间里，王文文就把自己泡在图书馆里，用她自己的话说，是“在知识的海洋中遨游”，用图书馆老师的评价来说，就是一种“屁股一粘着凳子就起不来的物种”。幸好，这一周也因为考试而过得异常迅速。

寒假很快就来临了。

但是寒假之前，她们还有一个晚会。一月份的上海开始飘雪。这雪不像是北方那种厚重的雪，这雪花很小很薄，与其说是雪更不如说是冰晶来得更为贴切，洋洋洒洒下了一日，也不过是给上海添了一层淡淡的白色。但是这种雪的杀伤力却是很大的，已经在许多地方结起了一层薄薄的冰。与冰冷所相对的是室内火热的气氛。浦江邮轮上，任冉冉再一次站在台前，手持话筒，身着薰衣草色的拖地长裙，面对着约莫五十个穿着正式的同学，发表了她自己取名为《期末庆祝》的讲话。

“同学们，新的一个学期即将结束了。”任冉冉举了举手中的酒杯，里面装的是一种浅绿色的无酒精饮料，“我们哭过，笑过，吵过，闹过。无论是在作业中挣扎的埋怨，还是数着一个个节日假期的期待，所有的所有都汇成了这一学期里我们的收获，我们的成长。”她环顾全场，微微停顿。

“但纵使有这么多的酸甜苦辣供我们回忆，我们也不应该忘记学校陪我们走过的日子。虽然我们还没有毕业——我们离毕业还有很长时间，但是在这新的一学期里，老师帮助了我们很多。”任冉冉向左侧身，看了看在场的几位老师和校长，点头致意，接着自己的话说下去“学校也帮助了我们很多。”

“这一学期即将结束，这意味着这一年的旅程也即将结束。在接下来的一年里，我们也都要像今年这样，相亲相爱，互帮互助，一起取得更大的成功。干杯！”任冉冉举杯，再次环视全场，同学们跟着她一起举杯欢呼。夜晚的雪已经停了，江面并没有结冰，行驶的邮轮在水上划过一道安静的轨迹。四周的高楼被灯光装饰，街道上车辆行人匆匆来往，流下一个一闪而逝的光点，谁也不知道隔了一米远的那个人身上会有什么故事。船上的人同样也不知道，其中一个光点属于没能到场的王文文。

这个世界，如果你突然消失了，会有多少人记得你？

但纵使有这么多的酸甜苦辣供我们回忆，我们也不应该忘记学校陪我们走过的日子

半小时前，王文文正从地铁站下来，走在去浦江码头的路上。她一面低头看着表，一面拼命地裹紧披在身上的大衣。冷风的侵袭显然让她感到难以招架。“王文文。”她被一声有点焦急的喊叫吸引了注意，停了下来。王文文抬头看到了马可，和他的自行车，以及，躺在自行车旁边的一个老人。王文文用眼神询问马可，马可轻轻摇了摇头，接着便开始无助地咬起了嘴唇。

事件的轮廓开始在王文文的心中明了了起来，她叹了口气，放弃赶路，和围观群众站到了一起，细细地开始听他们说了些什么。她还穿着高跟鞋，所以感到脚趾头有些痛。她也没有穿连裤袜，只穿了裙子和大衣，风呼呼地灌进王文文的衣服里，王文文觉得风差不多已经灌进了她的脑子里，让她的思维都有点僵了。她两脚不停地换着重心，以减轻疼痛，同时又想到以前听过的一个有趣的理论，人总是有勇气说出真相，但是不一定有勇气成为那第一个。

此时伤者的家属已经赶到了，是两个看上去四十多的人，一个男的，一个女的，王文文猜测他们是老人的儿女。他们一赶到，仿佛约定俗成，便用上海口音的普通话开始对马可进行左右夹击。

“这小伙子，看上去倒蛮清秀的，没想到这么没道德的。”女的那个已经先开口了。

“就是啊，年轻人，敢做要敢当这个道理你晓不晓得的啊？”

“你撞了人，那就要赔的，别想逃。我同你讲，想逃那是没有门的。”

“你看要不这样，小伙子啊，医疗费几万我们就不要了，你叫爸爸妈妈给个几千我们就算过去了好伐啦？”

“我们也晓得的，你们学生不容易，也没钞票的。”

王文文看到马可本来就很白的脸变得更加苍白了，他扶着自行车，有点摇摇晃晃的，似乎快要倒下去了。他似乎想大声地说不是，但是显然他不敢，只是蠕动着嘴唇小声反驳着。周围的群众不是很多，但数起来也有十来个，他们交头接耳着。王文文听到他们中有目击者。

街道上行人匆匆来往，流下一个一闪而逝的光点

“小姑娘，你说是不是的啦。”也许是看着王文文的样子比较好欺负，两个中年人显然找了现在极度寒冷的王文文开刀。王文文目光直直地盯着他们的眼睛，什么话也没说，只是安静地盯着他们，似乎是想要从他们的表情里看出什么来。

“我没有看到经过。”王文文在这点上十分诚实，“但是我相信有人看到了。”王文文继续盯着他们的眼睛，自顾自说了下去，“而且你们也清楚地知道你们自己现在毫无根据的做法可以称之为诬陷。”

四周的人，包括这对中年男女都抽了一口气，显然没想到这个看上去瘦弱，随时会被风吹得倒下去的女孩会变得这么严肃、这么大胆。其实王文文此时的确非常惧怕，她感受到心脏在她的胸腔里怦怦地跳着，并且越跳越快。在这寒冷的天气里她甚至感到有些发热了，这发热的大半部分来自于心理上感知的那种隐隐的危险。

但是她也为自己站出来仗义执言而感到兴奋，她觉得血液快要沸腾起来。

周围有人张了张嘴，却很快被后面的人拍了下，让他张到一半的嘴赶紧闭了起来。王文文知道，理虽然是这个道理，但还是没有人想当第一个。马可看起来稍微不那么苍白了一点，但是显然还是很慌张，眼神不停地在人群中间胡乱的晃动，找不到一个能看的定点。

“当一个人有能力帮助别人时，那就一定要去做。如果有能力阻止却没有阻止，那么你就帮助了犯罪。”王文文并不想在已经很紧绷的气氛里说一些更严肃的话，这两句话也并不出自她本人，但是她觉得，这总是值得试一试。

结果十分令人满意，一个穿着印有蜘蛛侠卫衣的人率先站了出来，接着是更多的人。老人愤怒地在地上大叫，他的儿女则骂骂咧咧地跑开了。

王文文参加晚会显然是迟到了，这令她有一些惆怅和落寞，马可便提出可以陪她在浦江边上散散步。王文文想着自己也确实无处可去，点了点头。她脱下高跟鞋，赤脚走在十分冰冷的地面上，感受着江上吹来的潮湿的空气。两人一路无言，就这么沿江走着，身后是混成一片的汽车压过路面的声音、好友之间嬉笑的声音和许多公务人员打电话的声音，很嘈杂，却也更凸显出江边的他们如此的安静。

船靠岸的时候，王文文独自去了码头候着。考虑到晚会的严肃性，王文文觉得自己至少应该去道个歉。众人推推搡搡着下船，王文文灵巧地绕开了那些因为脚痛而站不稳的女孩，和嘻嘻哈哈的男孩们，去找了几个老师和校长道歉。在这个欢快的日子里，他们也并没有为难王文文，而是表示了理解。

但是王文文的心情却好不起来。她看到了许多远，正和任冉冉走在一起，有说有笑，任冉冉的手里还捧着一束花。从技术上来说，许多远正和王文文在冷战。这样的落差让王文文觉得心里有些塞塞的，却说不上来是种什么感觉。

晚会之后，对王文文来说，是值得享受的日子。寒假的真谛就是早上睡觉下午起床，能在冬天一觉睡到自然醒绝对是世界上最幸福的事情。而且还有，母亲做的饭菜，永远都比食堂的可口十倍以上。但到了第四天的上午七点，王文文就被一阵电话铃吵醒。她眯缝着眼抬起头，隐隐约约扫到了手机屏幕上“金歌”两个大字。她的脑袋又落回枕头上，发出一声轻响。伸出手，王文文闭着眼在屏幕上一阵乱按，最终成功找到了接听键。

“喂？金歌？”王文文打了个哈欠，不是很清楚自己是不是还在梦里。她疑惑着竟然金歌也会来找她，还是在这么早的时间。

听筒里什么声音也没有，让王文文觉得有什么事情要发生。空气完全静止了，王文文等待着对方的动静，过了一会儿终于传来一声抽泣。王文文顿时精神了很多，绑架？抢劫？受伤？诸如此类的词语哗哗地滑过她的脑海，她一个激灵坐起来，随手拉了拉被子让自己变得更加温暖。听筒里的抽泣声没有停，但是渐渐弱了下来。

冬天一觉睡到自然醒绝对是世界上最幸福的事情

“别哭了，说事儿。”王文文用另一只手扯着被角围住自己的身体。

“是我。”金歌的声音从听筒的另一边传了过来，有点遥远而不真切，“我要回来了。”王文文听到了手机里隐约传来信号不太稳定的杂音，下意识地问，“你怎么了？”

“我在火车上，十点左右到杭州。”抽泣声还在继续，导致金歌的声音变得断断续续的，“任冉冉……我不知道……我不知道接下来去哪里。”

“发生什么了？”王文文现在已经完全清醒了，可她依然在怀疑她是不是还在梦里。“你不是在江苏吗？我记得是南京？”王文文失去了思考的方向，小心翼翼地问金歌。“你还好吗？你跟任冉冉怎么了？”

“嗯……是……我想不出能找谁，她就是个＊＊！老子今天也算是看清她的真面目了。亏我之前对她那么好。去她＊的！”金歌的声音虽然仍旧断断续续，但也能听出来她那突然升高了八度的声音带着极大的情绪，声波的震荡嗡嗡地从话筒里传出来，王文文不禁把手机拿远一点，仍由话筒里不断传出的骂骂咧咧的声音继续。她耐心地等了一会儿，感觉电话那头的金歌平静了下来，才将电话放回耳边，只听得金歌吸着鼻子说，“我还没告诉家里，所以不想现在回宁波。你说，我要怎么办？”

有无数个念头掠过脑海，伴随着的是无数个猜测

有无数个念头掠过王文文的脑海，伴随着的是无数个猜测。这些猜测里，有好的，也有糟糕的。王文文在大脑里快速运转着。虽然是室友，但要命的是她和金歌的关系并不好。这个电话就显得很可疑、陌生，甚至令人难以置信。但是能让金歌这么慌张，肯定是和任冉冉发生了什么重要的事，并且她还不能去找可能是任冉冉朋友的人。

“那你告诉我，发生什么事了。”王文文说，“你说。”

对方没有动静 。好吧，王文文决定了，“别急，现在还早……我等下来火车站找你，保持联系。”王文文犹豫着对电话的另一头说道，但对方仍然没有动静。王文文想了想，掐断了电话，发了个表示自己要去火车站接她，并让她一定保持联系的消息过去，然后很果断地跳下床。

起床后，一切收拾妥当后，王文文找了父母表明她有一件非常重要的事需要出门一趟，确切地说是同学遇到麻烦，很伤心，所以她要去火车站与同学碰个面，看看对方是否需要自己的帮助。

父亲开车送王文文去了杭州火车东站。见她一路上都是心不在焉的，实在忍不住问了句：你同学到底遇到什么麻烦……

王文文想了想，最后说，“我也不知道。”

闻言，父亲无奈地叹了口气，只嘱咐她凡事不要着急，要注意安全……

在父亲驱车离开后，王文文一看时间，九点三十五分，想着金歌之前说的差不多十点过到站，正好，不早不晚，她找了个正对出站口空椅坐下，看着周围嘈杂的人群，有些不敢相信自己竟然会为了一个不算什么好友的人跑来车站……

她一动不动坐在椅子上，两手手肘放在膝盖上，撑着下巴盯着出站口看了一会儿，突然想起出门时老妈的嘱咐，忙掏出手机发微信给老妈报了一个平安，又拍了一张自己所在处的图片发给金歌，便于她出来时更快地与自己碰面。

在快到十点半时，开始有人从出站口出来，王文文想，当金歌出现在自己的面前，会是什么样子的？会号啕大哭么？那她第一句话又该说什么才比较好呢……

光线不是很明亮，很适合讲故事

就在她胡乱想着时，金歌就出现在了她眼前。只是在王文文看来，今天的金歌有点不太像金歌了，她的头发乱蓬蓬的，显然没有好好地梳理过，张牙舞爪地四处乱翘。眼眶还红红的，但是值得庆幸的是她没有哭，更没有她想象中的那样痛不欲生的模样，她拖着行李箱，就这么站在了王文文面前，行李箱撞击着长椅发出砰的响声。

“Hi——”王文文准备的开场白最终没有用上，“愿意告诉我发生了什么吗？”

金歌一言不发地点点头，但是没有坐下来的意思。沉默开始在这人声嘈杂的车站蔓延。她们俩本就不是很熟，这是很正常的一种见面状态。金歌努力地抚平着衣服上的褶皱，反复开合着肩包的扣子，扣子不停地发出咔嗒的单调响声。很明显，接下来会是一次奇怪的谈话。不是那种在电话里哭哭啼啼的，也不是那种在学校里礼貌疏离的。王文文有预感，她们的对话一开始，她们的关系很可能发生一个质的变化。

最后她们来到了一个叫小七咖啡的小店。

这个咖啡店就在火车站旁边，装修很简单，就像所有打着咖啡馆名义的小店一样，除了喝的，还有些简餐，唯一不同的是，这家店的桌椅并不统一，王文文怀疑是店主从各处二手市场搜集来的，虽然拼凑起来很怪异，但是神奇地非常有艺术感。他们选择了最角落里的一张矮桌，那儿能给人充足的安全感。光线不是很明亮，很适合讲故事。

“开头就是你知道的，我和任冉冉去江苏旅游，我们前两天去了苏州，昨天到了南京。”金歌捧着一杯咖啡开口了，从故事的最开始，“我们在拙政园里碰到了方天龙。”她扫了王文文一眼，看见她满脸疑惑，补充道，“他以前是我们学校的，后来因为一些不好的事情被开除了。但是还是好多女生喜欢他，因为他的脸。”

王文文点点头表示理解，金歌继续说了下去。

“他们在一起了。昨天他跟我们到了南京，一路上和任冉冉真是，呵呵，如胶似漆。”金歌有些厌恶地皱皱眉，“但这不是主要问题。一路上任冉冉说她累，就要改计划。任冉冉一说她困，就要立刻回酒店。一说她无聊，就要立刻出门。都是方天龙出现之后才来的毛病。”王文文突然明白了这几天任冉冉朋友圈里那些牵手和拥抱的照片是什么意思。

虽然拼凑起来很怪异，但是神奇地非常有艺术感

“昨天到南京开始，除了在车上就没见过他们俩的人影。刚到南京时去了趟洗手间他们俩就不见了，后来在商场找到他们又撇下我走了，晚上到酒店倒是终于出现了，但是很‘不小心’地把我关在了门外，他们在里面的笑声甚至能穿透整个楼层！”

不好的回忆涌向了金歌，她显然不再能保持镇定，开始愤愤地大叫起来，马上就要开始拍桌子了。王文文看了看其他桌投来的有些不满的视线，连忙拍了拍金歌的背以示安抚，让她压低了声音。

“方天龙该死的凌晨两点才回去了隔壁房间，去了以后还跟任冉冉聊天，微信语音外放。我让他们轻点，他们叫我滚。我就滚了。”金歌装作很酷的样子耸了耸肩，王文文知道她是在用合适的方式转移她的愤怒。

说完以后的金歌开始颓丧起来，愤怒已经褪去了，代替愤怒的却是深不见底的平静。这样的转变突然地让王文文害怕。金歌把自己蜷缩在靠垫里，像极了一只受伤的猫在舔自己的爪心。

“我认识她时间不多，也就一年多一点。”金歌的嗓子变得嘶哑，“我一直在她身边，但是她这样对我。”，我感到受到了背叛，我为自己感到不值……

剩下的话金歌没有说出来，但是王文文能够想到，她记得无意中田小聪提起过，去年金歌和任冉冉一样都是新生，但是金歌因为家境不好的原因比较自卑，也不太愿意与其他同学说话，只有任冉冉会比较照顾她。虽然现在也跟同学都相处得不错，但是无疑这对金歌来说是一个极大的打击。这种打击王文文没有经历过，但是她想她能理解。

金歌却在王文文准备伸出手的时候突然跳了起来。她情绪是变得很快，快得让王文文甚至都无法做一个心理准备。“我要在朋友圈里宣布和她分道扬镳！”金歌捶了捶桌子，实心木头的桌子发出沉闷的响声，掏出手机就开始打字。

王文文也拿出手机，发现任冉冉也发了一条朋友圈，是南京的街景。

她写道，生活就是这样子，不如诗啊。

金歌一直在说关于任冉冉的话题，王文文基本上没怎么说

生活就是这样子
不如诗啊

话，只是默默地喝着茶，听金歌说话。金歌一直在喝黑咖啡，很苦很苦，但是她却不要命似的喝着，最后躺倒在沙发上。王文文觉得她喝醉了，金歌一直喃喃着，说，她怎么可以这样对我。从太阳高照，说到太阳西斜，一直到夜幕降临，金歌和王文文一直都占据在咖啡厅的角落，像两朵从墙角里长出来的蘑菇。

“她竟然说那是她的，”金歌已经有点迷迷糊糊了，说着一些前言不搭后语的话，“买咖啡都要找许多远。那星星倒是挺好看的。李学森好像挺喜欢她的样子。那一束花，不知道她怎么想出来的。”

金歌继续自顾自说着听上去只有她自己才能懂的话“我竟然相信了，天哪，你怎么可能是故意的。我甚至都没注意到你在寝室里折星星。我应该告诉许多远的，对，我就是要告诉他，立刻，马上。任冉冉不是喜欢，哎，还去勾搭其他人。”王文文没有听懂金歌具体说了些什么，也不想轻易打断金歌一个人的自言自语，于是就陪在金歌身边默默地听着，尽可能理出一点点头绪来。

那一天之后，王文文觉得，她和金歌的关系迅速密切了起来。金歌自告奋勇地加入了王文文的戏剧社，对戏剧社里的事变得无比上心。王文文给自己的社团建了一个微信群，金歌则变成了每天都在里面说话最多的那个，她乐于分享自己的各种各样古怪的点子，比如请外校的学生也来看剧，又比如在可以先出海报，看看同学的反映再写剧本。虽然她的大多数点子都是稀奇古怪，让人摸不着头脑，甚至可以说是不着边际。但是她积极的态度却激励了所有在社团里面的学生，让大家都充满希望。

王文文想，原来“动起来”大概就是活力和生命的意思。微信群也一样。

开学的前一天，浓郁而陈旧的年味还没有消散，王文文正在家里的阳台上享受着冬日难得的暖阳。她在画画，这是很长时间以来她第一次画画。在上个学期看似漫长的日子里，她清楚地记得，戏剧社、任冉冉和各科考试占据了她的整个大脑，仿佛有一窝蜜蜂在她的脑子里嗡嗡地叫着，还跳着八字舞。她所有的休闲和娱乐，只剩下了思考的时候在草稿纸上画一点简笔画。现在这一窝蜜蜂被她捅了，王文文觉得神清气爽，仿佛真正的灵魂因为这冬日阳光的照耀，终于回到了她的身体里。她托着颜料盘，哼着小曲，往纸上涂着大面积的色块，阳光照进了她的骨头，让她有点懒洋洋的。

手机铃响起，王文文接起了电话。

“王文文！赶紧看微信！”金歌兴奋地大喊。随之而来的就是电话挂断的嘟嘟声。王文文发现金歌给她发了成打的聊天记录，是金歌和马可之间的对话。

这个事实在她的脑海里不停闪烁着，凶猛地撞击着她的神经

金歌在认识马可两个星期之后，向马可表白了！随着王文文浏览着他们之间的聊天记录，这个事实在王文文的脑海里不停闪烁着，凶猛地撞击着她的神经。她手指往下滑着，翻动聊天记录的截图，发现金歌加入了马可的计算机社。王文文惊讶，她不知道金歌还懂计算机。她又想到，这年头，真的是所有人都有一个社团。

金歌，马可并没有给你一个正面的回复。王文文想了想，还是发给了金歌这条消息。她很疑惑，为什么金歌会不注意到这一点。她立即收到了金歌的回复。金歌说，但是他也没有给反面的回复，所以这说明我还是有无限机会的不是吗？

接着，王文文就听着金歌叨念了很多马可社团的事情，金歌说，她现在是社团的副社长了，好多事都是她负责的。

王文文突然间开始怀疑自己的脑子是不是有点老了，已经跟不上年轻人的速度了。

8

时光　请别叫我念

eight

日子平稳得就像是西湖里行驶的画舫，就算有风也不会翻起很大的浪，更不会摇晃

寒假结束，回到学校以后的生活很平稳，没有可以简单报的新鲜事，更没有什么震惊中外或者让人流泪的大新闻。日子平稳得就像是西湖里行驶的画舫，就算有风也不会翻起很大的浪，更不会摇晃。所有人都早早地知道了任冉冉和方天龙那些生猛新鲜的冬天传奇，但这些对于同学们来说，仿佛已经提不起任何兴趣。任冉冉只是学期开头几天被一些同学调侃了几句，便没有人再提起这种小小的风花雪月。这让任冉冉感到严重的挫败，而这却让王文文心头窃喜。虽然王文文知道这不是种达观的心态，但是她依然觉得很高兴，非常高兴，高兴地快要起飞了。

王文文发现金歌很少在晚自习出现在寝室里。虽然以前她们很少说话，但是王文文还没有迟钝到总是忽略在寝室里的另外一个人。在上个学期的时候，她和金歌两人会坐在寝室里的两个角落，各干各的事，把对方当作一个安静的会呼吸的摆设。而这个学期显然不会这样，王文文发现，几乎每个晚上，金歌总是在图书馆里度过。

“金歌，”王文文终于决定在金歌晚上回到寝室的时候问她，至少她还没有想到其他更好的方法能让她弄清楚这一点不寻常，“你最近晚上天天都在图书馆。”这不是一个问句，而是一个陈述句。

“对。”金歌很直爽地承认，“我跟马可在一起。”

“你们在一起了？”

“没有，”金歌扁了扁嘴，“是关于他的社团的。他就是一个彻头彻尾的工作狂。”王文文看出来，虽然金歌在抱怨，但是心情却不错，甚至可以说是有些愉悦。

“你要来参加吗？我们在准备超级多的……”金歌的话却

被打断了，寝室门被直接打开，发出咔嗒的声响，王文文和金歌惊慌地望向大门，是任冉冉。

任冉冉及腰的长发依然被打理得很好，发梢微卷，乌黑发亮，映衬得她的皮肤更加苍白了。她脸上的表情却不像从前那样淡定，阴郁而且毫无生机。

两人会坐在寝室里的两个角落，各干各的事，把对方当作一个安静的会呼吸的摆设

“金歌。”她只说了名字，却没有表明来意，她直直地站在门框的地方，堵着门。

“有什么事吗？”金歌收起了说到马可时愉悦的表情，她显然还在记恨着任冉冉和方天龙对她的态度。这些回忆让她感到很不好受。此刻的金歌，感到寒假里像闷罐子一样积蓄的怒气，又开始冲撞与侵袭她。王文文什么话也没说，只是好奇地看着金歌，仿佛她浑身上下冒出了熊熊的火苗。

而最终火冒三丈的，却不是金歌，而是任冉冉。她等得不耐烦了。

“金歌。”她闭了闭眼，然后踏进了这间寝室，小心翼翼的。王文文感受到她怒气汹涌，而同时她也在拼命压抑着她的情绪。最后，她终于渐渐地平息了下来。

“你能不能别生气了。”任冉冉望着金歌说，“有意思吗？”

“不能。”金歌的回答很果断。“有意思。”

此时任冉冉已经靠近她们了，她想去拉金歌的手。王文文猜想，也许道歉对她来说很艰难，不如拉手可以一下子拉近距离。金歌甩开了她的手，她站了起来，开始控制不住情绪朝任冉冉大吼“你有什么资格跟我这么讲话！”震得王文文耳膜生疼。金歌看起来就要朝任冉冉扑过去了，王文文站起来从背后拉着她，她望了望寝室狭小的空间，丝毫不觉得寝室是一个打架的好地方。

“啪！”清脆的落地声让所有人都瞬间安静，也吸引了所有人的视线。地上躺着的是一条银色的手链，在灯光下面反射着刺眼的光亮。王文文感觉这条手链有点眼熟，好像在哪里见到过。她迷惑地望着它，却想不起来这条手链是从哪里来的。

金歌也显得很惊讶，她显然认识这条手链，但不知道为什么它会出现在这里。

任冉冉靠近了两步，金歌和王文文在原地没有移动。任冉冉弯下腰捡起了手链，动作缓慢得就像是电影里的特效。她把手链拿到眼前，眯着眼打量着，就好像在看一个危险物品。任冉冉瞄了一眼桌子，王文文不知道她要干什么，只是拼命地回忆着关于这条手链的故事，猜测着所有可能的可能性。

平静得让人不敢相信

“王文文，”任冉冉开口了，平静得让人不敢相信，王文文在她的眼里看到了失望，“我没想到你连一条手链，也要偷。”她转身大步地走出了寝室，头发划出了一个好看的弧度。

“我没有！”王文文还没有弄清楚事实，但是她相信自己没有兴趣去干这种事，除非是被邪灵附身了。她大吼着追出去，拒绝接受这样的污蔑，她站在寝室门口，只看到了转角里一闪而过的一个好看的背影。

王文文大喊：“你给我回来，你给我说清楚。”

没有回音。四周寂静得像很深的夜晚。

王文文挫败地回到寝室里，砰地一声关上门。她躺倒在床上，眼睛无神地盯着天花板，和挂在天花板上正在发出亮光的灯。她想起来了，在来学校的第一天，她捡到了一串手链，她把手链放在了桌子的角落里，想要第二天上交失物招领处。可随着时间过去，她忘记了它的存在，随着桌子上的东西越堆越高，随着各种忙乱的事情越堆越多，手链逐渐消失在视野和记忆里。直到今天撞到桌子，手链才偶然重见天日。虽然她不喜欢任冉冉，但是她不想让任冉冉觉得她做了什么不好的事情。她想去解释，却又觉得解释听上去实在很牵强。王文文痛苦地把自己埋到被子里，发出一声哀号，好不容易有点好转的心情又变得不能再糟了。

“……活动。”金歌恢复得很快，甚至还心情很好地说完了被任冉冉打断了的话。王文文没有伸出头来，而是动了动在床外的脚表示自己听到了。她听着金歌用高兴的声音列举着自己在帮马可干的大小事情，一边抱怨着马可有多么的忙碌，然后再用期待的声音问马可为什么还不答应她。金歌显然已经把任冉冉抛到了脑后，满脑子都只剩下马可，而王文文则满脑子都想着任冉冉，这很诡异。她得承认，但是是个事实。

最终，王文文努力地把任冉冉的影子在脑海里赶跑，把注意力集中到金歌身上听她讲马可。而当金歌开始停止讲马可的时候，王文文则开始谋划着在寝室的角落里搭一个画画的地儿。有种恐惧感催促着她，告诉她离大学申请已经不远了。

谁说岁月漫长，那都是无聊人故作文艺的做作。岁月更像飞刀，每一刀都催人老。

岁月更像飞刀，每一刀都催人老

一边听着金歌天天提马可，一边痛苦地钻研着托福和SAT考试，王文文痛苦地过着她的三月。她发现自己没有多少时间供她准备升学了，这个事实几乎让她感觉到恶心。她的周末是被占满的，周五晚上托福，周六一整天画画，周日一整天SAT。她觉得自己就像一个连轴转的齿轮，根本没有任何的休息时间。

这种情况一直持续到五月份。五月份是她考SAT的时间，也是其他许多同学的。在考完之后，大家都不约而同地选择了出门放松一下身心。而王文文就被金歌莫名其妙地拉到了云岭水库，一同去的还有马可、许多远和田小聪。王文文和许多远还在冷战，金歌手一挥说，那只是小孩子闹别扭。王文文和许多远都不说话，但是他们在心里是默认了的。金歌用各种手段逼着他们和好，但是两人都无视了金歌的建议，依然持续着别扭模式。五月份的天说冷不冷，说热也不是很热，是个春夏之交的好天气。这天没有风，每一片树叶都待在应该在的位置上，一动不动地凝视着水库。天上没有飞过的鸟，也没有飘过的云，整个天空看起来也像被冻住了一样，是静止的。

五个人走在云岭水库的大坝上，觉得心情格外地舒畅。试考完了，这意味着他们有将近一个月的时间来休息，然后再拿到他们的成绩。王文文觉得，考完了试，就连她一直讨厌的那些长得奇形怪状的树都显得和蔼可亲了起来。五个人的身影在大坝上连成了一条线，正午的阳光让他们的影子变得很短，短到不足以看出确切的形状。这就该是青春的样子，王文文觉得，走在大坝上，假装自己要去西天取经，而不是考试，考试，考试，社团，社团，社团，活动，活动，活动，升学，升学，升学那样单调的生活。

但是生活总归不是电影，而是现实，王文文清楚地明白，她应该格外珍惜每一次的放松。

不知是谁先带的头，或者说是几个人不约而同的想未能，一行人走下了大坝，来到水库边上。水库的水很清澈，除了他们五个人还有几个孩子在水边逗留。大概他们是住在水库边上的居民，来这儿玩耍的。他们握着一些细细的树枝，把另一端浸到水里，端坐在岸边，假装是一排钓鱼的老头。而安静不了多久之后，孩子们又开始动起来，挥舞着小段的树枝，假装自己是保卫领土的骑士。不一会儿，似乎是玩腻了，孩子们不知道从哪里弄来了一个皮球，开始互相抛起来。

有一种很酸很酸的感觉涌起来，让她失去了呼吸。她的大脑告诉自己，她很惊慌，她的双手和双脚都在无意识地扑腾着，但是似乎并没有什么用，总体效果就是一只到了水里的蜘蛛，或是一条到了岸上的鱼

危险，王文文心里想着，在水边玩耍真的是很危险。她是很怕水的，有很大一部分原因是因为她不会游泳，而她不会游泳的原因则是怕水。她小心地尽量让自己不要靠近水边，以免带来一些不必要的麻烦。她注意到金歌一直在找马可说话，田小聪和许多远则神神秘秘地在岸边找一些小石子，而她则在看着几个小朋友发呆。如果那些球掉到水里怎么办？他们应该会游泳吧？她有点迷迷糊糊地想，完全没有注意到思维已经跑偏到了另外一个维度。

砰，王文文觉得自己就不该多想，她想的事情明显成真了。那个皮球砸中了王文文的脑袋，让她有了一瞬间的晕眩。她顺着皮球过来的方向后退了一步，恰好踩到了一截树枝。王文文觉得那截树枝滚动了一下，向另一边滑去，没有等她有任何的时间思考对策，她就已经头朝下栽到了水里，就像很多她看过的搞笑视频一样，样子滑稽可笑。但是她却没有时间笑，金歌马可田小聪许多远都没有时间笑。几个孩子已经吓哭了，显然他们还没有准备好承担把一个人弄进水里去的责任。金歌和马可停止了关于计算机社团的高谈阔论，田小聪和许多远也从石子堆里赶到了岸边。王文文毫不关心他们停下来了没有，在头朝下翻到水里的时候，她的大脑一片空白。她想到她曾经还在脑子里嘲笑碰到事情大脑空白的人，现在倒轮到她了。

王文文不知道为什么自己还有那么多时间做一些自我嘲讽，然后想一些莫名其妙的事情。她已经灌了很大的一口水，她希望那口水里没有鱼苗在里面。她鼻子里也进水了，有一种很酸很酸的感觉涌起来，让她失去了呼吸。她的大脑告诉自己，她很惊慌，她的双手和双脚都在无意识地扑腾着，但是似乎并没有什么用，总体效果就是一只到了水里的蜘蛛，或是一条到了岸上的鱼。水下的世界是一片模糊的灰绿色，王文文睁着眼，很高兴没有看到任何水下生物睁着大眼睛和自己对视。她一边费力地把自己调整到头朝上的姿势，一边想，都说人在危机时刻容易想得特别多，看来是真的。当她从水里抬起头的时候，其实只有电光石火的一瞬间，但她的大脑的运转速度似乎提高了好几倍。她不会游泳，所以她正在水中乱蹬，而乱蹬则让她离岸更远了一点，这也使她的心脏跳得更快。事实上，她的心脏快要从身体里跳出来了。她乱动的手脚让水花四溅，脚底是空的，这让她差点哭了出来。

其实只有电光石火的一瞬间，但她的大脑的运转速度似乎提高了好几倍

田小聪着急地在岸上乱窜，像一只猴，在岸上大声喊叫着，希望有人听到。金歌忙着打求救电话。几个孩子还在原地哭，他们大叫着对不起，可惜的是这对把王文文拉上来一点帮助也没有。马可偷偷地向后退了一步，似乎是想和身后的石块融为一体。他正儿八经地站立着，凝视着在水中扑腾的身影。

许多远未经考虑就跳到水里的。当然，他是校游泳队的队员。

王文文离岸边不远。许多远一边大吼着让王文文别乱蹬，一边迅速地靠近了她。王文文出乎意料地停了下来，让许多远轻松地抓住了她，几个回全以后，终于把她拉回了岸边。

田小聪和金歌都停下了忙活。盯着吃力地爬上岸的王文文和许多远，田小聪突然自言自语道，文文喜欢的是许多远，只是她自己不知道。金歌站在旁边，接过了他的话，说，对于感情的事，总是外人看得更清楚。

金歌回头，看到了站在背后伪装成一块巨石的马可。金歌沉默地看了他一会儿，马可的脸有点红。他摸了摸他的脸颊，觉得自己有点热。“走吧。”金歌盯着他的脸看了一会儿，露出了一个有点迷茫的表情，最终说了两个字。

马可跟在金歌的旁边，“我有点紧张……主要是有点危险……学过游泳……但是水太深……我以后……得赚钱孝敬父母……”他断断续续地解释着，明显的底气不足。金歌依旧什么也没说，只是不停地往前走，似乎往前走就能甩掉身后不好的回忆。

王文文浑身的衣服都已经湿透了，许多远给她披了他的外套。他扶着她走着，身后留下一串水渍。王文文整个人颤抖着，体会着水库里的水带给她的凉意。

这时候，她突然很想回家。家里有一对总是不放心她的父母，会把她所有的一切，哪怕是一根头发，都完全放大。

回到校后，金歌变得有些沉默，有很多时候，她呈现给王文文的笑容，也是苍白的。两天之后，她去心理咨询室找了李学森。从咨询室回来之后，王文文发现她恢复了好多。她偶尔还会讲讲马可，但是次数明显少了起来。

家里有一对总是不放心她的父母，会把她所有的一切，哪怕是一根头发，都完全放大

“马可么，就是一个可以平常的凡人。”金歌坐在床沿上，语气散淡地望着天花板，晃着一双脚说。

王文文说，“你不是平常人吗？”

“我是平常人。”金歌的脸上浮起了微笑，但是却十分坚定地一字一顿，“但我是个有底线的平常人。”

一周后的周一，许多远的位置已经调了回来。他晃晃荡荡地出现在教室里的时候，王文文把许多远拉到了角落里。她拿出了一个包得很好的礼盒，告诉许多远，这是一支钢笔，希望他喜欢。

9

时光 请别叫我念

nine

这个漫长的五月里，有许多的变化悄然滋生，让很多人都猝不及防

这个漫长的五月里，有许多的变化悄然滋生，让很多人都猝不及防。仿佛是一夜之间，许多远这么个从来都不知道安静的人，开始认真地写字。他抽出一张纸，开始写到，“王文文，”然后皱了皱眉，似乎是认为字太丑了，他把纸揉成一团扔到了垃圾桶里。他重新拿出一张纸，从网上抄下了一首情诗，然后写上“给王文文”。但似乎还是不很满意，他把纸折了起来，放到了自己的抽屉里。他的抽屉里已经有几张类似的纸片。

马可在学校里原本是默默无闻的，但是突然间开始名声大噪起来。他成绩很好，这是之前所有人都知道的，但是他安静，甚至还胆小，这让大多数的活动都与他无关。而他用他的成绩也已经申请到了英国很好的学校，他就快要毕业了。按道理说，这本该是他安静得不能再安静的时刻，但是他却在这个时候突然活跃了起来，在学校举办了很多活动。

这让很多人起疑，而王文文就是这很多人之一。

在马可和白琼的合作下，剧本已经早就完成了，演员也已经就绪，现在已经进入了排练阶段，在六月份就可以演出。她不觉得马可还有那么多空余的时间为各种各样的计算机比赛做准备，她清楚地知道举办一个比赛有多费时间。她站在金歌身后，盯着她的背影，和她笑得很灿烂的侧脸，突然间觉得掉入爱情的女人的力量是很可怕的。

在王文文这么感叹之后没几天，金歌来找她了，她又是哭着的。不是那种号啕大哭，也不是那种伤心流泪，更不是因为激动或是感动，而是失望。

“他没有把我写到名单上，”金歌靠在门边上，双眼无神地盯着地板，似乎在研究地板的纹路，“所有的事情都是我做的，他署了他的名字。”王文文知道她说的是马可。

王文文现在有点手足无措，安慰人一向不是她擅长的，从来不是，她走到金歌身前轻轻抱住她，拍了拍她的后背，样子有点滑稽，但是金歌接受了她的安抚。金歌躺到了床上，眼泪依然哗哗地流着。王文文知道金歌哭着哭着睡着了，她猜想她的枕头都是湿的。金歌没有告诉她，但是王文文知道，在举办完比赛之后，马可并没有回金歌的消息，她也知道，在水库边上，马可躲了起来。

不是那种号啕大哭，也不是那种伤心流泪，更不是因为激动或是感动，而是失望

金歌第二天起床的时候，眼睛是红肿的，她用凉水敷了一会儿，让眼睛看上去显得好了一些。一大早的，金歌没有去食堂，也没有去教室，而是去心理咨询室找了李学森。王文文也神奇地发现，这一次从李学森那里回来，金歌的情绪又好了很多。

王文文想，原来我们的心理，在人生过程中，是需要找到一个方向盘的。

六月到得很快，王文文的戏剧也已经排练完成。她亲自画了海报，张贴在校园各处，发放到同学们的手中。海报上的图片是个小丑，剧名也是小丑，王文文却知道这部剧不会让她成为小丑。所有人都知道，白琼的剧本是最好的，当大家还在吵闹着问父母要钱的时候，白琼已经开始投稿自己赚取稿费了，小说、散文、诗歌、剧本，随便哪一样都拿得出手。而田小聪也用自称“天才的经商头脑”把成本压到了最低，使王文文成功申请到了学校的预算。王文文寝室一角的工作室已经建立得很完善了，舞台道具需要用到美术绘画的部分都是在这个小角落搞定的。

六月一日当晚，王文文站在学校剧场的门口，看着涌进来的人潮，和台下摩拳擦掌、兴奋不已的演员，觉得一切都充满了希望。当戏剧开演时，她坐在台下，台上的表演已经在排练时，在她面前重复了无数遍，但她觉得这最后的一遍却最新鲜的。她像从来没有看过一样认真地欣赏着，跟着演员们的表演，默念着已经在心中滚瓜烂熟的台词。王文文觉得心里升起了抑制不住的激动。就像金歌提议的那样，许多外校的学生也被邀请来看了。整个剧场坐得满满当当的，这很像王文文现在的心情，十分的满足感。

第二天学校发来了通知，这部戏剧将受到邀请去校外演出。另一个好消息也接踵而至，王文文的美术作品在国际设计比赛上取得了一等奖的成绩。一切似乎都顺风顺水。之前认识王文文的人很多，但是关注她的却少之又少，议论时总是说着“不就一个转校生嘛，有什么花头。”而现在议论的声音也不小，词却变成了“这个转校生挺厉害的嘛。”

王文文终于觉得，自己能睡一个好觉了。她在临睡前给父母亲在微信群里发了一句话，你们真有本事，生出了独一无儿的王文文。

父亲回复，主要是靠我的。

母亲回复，不管怎么样，都有一颗平常心。无论遇到什么，开心就是最好。

王文文回一句，不需要给我灌输心灵鸡汤。

连续两个月的夜晚，她都是躲在寝室角落里自己搭建的“工作室”里面度过的，在熄了灯之后。她自己在角落里安装了一个小小的台灯，周围摆满了颜料、调色盘、画架、纸和成打的笔，她偷偷用布把这个角落围了起来，以免舍监老师看到里面透出的灯光。但这不是最艰难的部分。最艰难的是抵挡困意。想到这个，王文文就忍不住想要呻吟。连续两个月，她的身上都散发着咖啡的味道。黑咖啡没有实际上的帮助，但是可以挑战她的味觉神经让她不那么容易入睡。事实上，她好几次连衣服都没来得及脱，甚至没有力气钻到被子底下就睡过去了。就像昏过去一样快。同样让她的神经高度紧张的还有一个接一个的“截止日期”。她在墙上挂了一个挂历，上面密密麻麻地标注了几月几号前要完成的作品，通宵达旦对她来说已经成了家常便饭。

田小聪总是语重心长地跟王文文说，熬夜会老得快。

王文文回答，所以年轻的时候要熬一熬，老了就来不及了。

两天过后的早晨，王文文发现学生都挤在布告牌前，每个人都是满脸凝重。她也挤了进去，发现是一次处分通告。王文文被人流挤得左摇右摆，但还是清楚地看到了上面的内容：许多远因为与校外的混混打架，被记了一次警告。王文文摇晃着盯着右下角表示学校的红色印章，感觉格外刺眼。

她的这一天都过得浑浑噩噩的。她没看到许多远，猜想是被老师留了下来，让他一天都没能上课。她不知道许多远为什么会这么做，难道他惹的祸还不够多吗？王文文有些愤愤地想。她不知道为什么要关心他，也不知道为什么会因为他而生气，毕竟这不是她第一次听说他打架了。而事实上，这多少和许多远曾经冒险冲进水库救起了她有点儿关系。

一生中，会有多少人甘愿为你冒险？

但这还算好，至少王文文只让许多远占据了小半部分的注意力。她的大半部分注意力都在期末考试上。六月底就是期末考试，而显然，王文文在平时并没有很长的复习时间，这也让她的心情开始一天比一天低落。她自认为学习还可以，至少在很多科目上都有A，也会有A^{+}，但是她不擅长考试。用王文文的话来说，出题老师的意图就是想让她死。她像其他同学一样试着把自己沉浸到题目的海洋里，但是她一看到试卷就感到十分头痛，尤其是数学。她觉得数学里充斥了很多诡异的符号，看起来跟数字都一点关系都没有。可是不知道为什么，这些符号就是要跑到数学里来。

虽然在之前有了武松的指导，王文文的成绩提高了，但是她对数学依然是喜欢不起来，甚至还有一点恨之入骨。尤其是在方老师的课堂上，这种厌恶会到达顶峰。

“谁愿意跟王文文一组，辅导她？”方老师没有看王文文，直接面向全班提问，“以方便帮助同学通过努力学习，来取得好的成绩。”她轻声补充的后半句话，总有点言外之意的感觉，引来了王文文厌恶的皱眉。

金歌和田小聪立即举起了手，方老师抬起浮肿的眼皮，打量了他们一会儿，没有说话。让王文文吃惊的是，任冉冉竟然也举起了手。方老师像是看到了救世之星一样高兴地钦点任冉冉为那个指导者，并满意地点了点头，看上去她多么像一个很负责任的老师。金歌和田小聪都很不满，他们在座位上大声地抗议，换来了方老师的冷哼，和更多的家庭作业。也许方老师的选择是有理由的，王文文扁了扁嘴，表面上任冉冉的成绩好得有点完美，并不仅仅那么多人知道的那些事情。她突然想起了最开始认识任冉冉的那段日子，任冉冉是她在数学课堂上的救星。但是那段日子，像水蒸气一样蒸发了。

按照计划，准确地说，按照方老师的计划，当天下午任冉冉应该在图书馆辅导王文文的数学，但是无论金歌、田小聪、王文文还是任冉冉都知道这件事不会发生。王文文宁可相信她的数学书里会冒出一个魂，这个魂辅导着帮助着她。所以最终的结果是金歌和田小聪帮助了她，其实大部分时间都是金歌负责讲题，田小聪负责说几个笑话让王文文不要睡着。但令人吃惊的是，任冉冉确实也来了图书馆，只不过是坐在离她们很远很远的地方，独自窝在一个沙发上用手机看韩剧。而更加出乎人意料的是，任冉冉不一会儿就哭着离开了。

那段日子，像水蒸气一样蒸发了

“她分手了。”田小聪很笃定地说，“我能掐会算。”

“她分手才不会哭嘞。”金歌夸张地翻了个白眼，没精打采地趴在桌面上。

“是不会，但是许多远受伤了。”田小聪像算命先生一样掐了掐手指，给了王文文和金歌一个高深莫测的眼神。金歌瞬间就明白了，只有王文文一脸懵然，还没从一大堆数字字母和符号的题目里回过神来。

“噢……明白了。”金歌突然间坐直了身子，开始用很夸张的语气说话，“她前男友打错人啦。”

“方天龙是来找王文文的。只不过找错了人。”田小聪坐在旁边悠悠地说，然后再很神秘地笑了一下。

“我*！懂了！任冉冉坑到了自己哈哈哈哈哈哈！叫方天龙去找你麻烦结果哈哈哈哈哈哈！我发个朋友圈庆祝一下！”金歌又突然像被烫了一下似的跳了起来，开始大笑，声音再整个图书馆里回荡着，任冉冉看到了图书馆老师怒气冲冲的脸。

一切安静下来的时候，老师说，你们可以离开这儿了。

于是他们三个最终的结果是，灰溜溜地被赶出了图书馆。

王文文再次注意到金歌又开始每天都玩消失了。之前是因为马可，王文文想不出她这次还能因为谁。每次问金歌，金歌却都是神神秘秘地让王文文猜。王文文猜不到，就把这件事扔到了一边。只是时不时关注到金歌会突然开心地跳舞，又间或会突然把自己闷在一个角落里，不让人接近。而有些时候，金歌又会沉浸在甜蜜中似的，一个人偷偷对着手机傻笑起来。

虽然上课的日子仿佛很慢，但是期末考试却是很快的，快到让王文文很怀疑这么短的时间怎么能测试完整个学期的内容。就当王文文还在计算着自己可能拿到多少分的时候，暑假已经来临了。一瞬间的功夫，行李已经理完了，同学们踏进了校外白晃晃的阳光，和一地的炎热中。他们一共迎来了两个消息，好消息是，这个暑假他们没有作业，而坏消息是，他们有一个比作业还麻烦的项目需要完成，那就是经过校方领导、老师和家长们的多方面考虑后，给他们制定了一个类似于夏令营的体验活动，只是这个体验活动选择的地点、参与方式，学生没有选择权，只能跟着自己的带队老师，听从他们的安排，且本三令五申的要求，出门在外，一切行动必须听指挥。

对于这个消息，王文文有些垂头丧气的想，她宁可给她一打试卷或者练习册，她固执地认为，没有作业是学校找的是理由，而一个学校组织的所谓培养学生独立思考的体验项目，是真正的在给他们找的大麻烦。

只是时不时关注到金歌会突然开心地跳舞，又间或会突然把自己闷在一个角落里，不让人接近

10

时光 请别叫我念

ten

就是让他们来这样一个从来没来过的地方，没有大人的帮助，他们自己凭借观察学会生存吧

王文文被学校分配跟着老师来体验的地方是青川骑马乡，一个被青山环抱的小村庄。和她一组的还有金歌和许多远。到了地方后，带队老师只安排了基本的生活和安全保障后，便要求他们去自己发现此次让他们来此处体验的项目，王文文觉得他们像是被莫名其妙丢到了这里，漫无目的，那个所谓的要求他们自己去观察发现的任务更是莫名其妙的，他们几个人最后想了半天，终结老师们的目的：就是让他们来这样一个从来没来过的地方，没有大人的帮助，他们自己凭借观察学会生存吧。

开头的三天，一切都显得十分地新鲜。这的确是一个他们三人都从来没到过的地方，显得陌生而神秘。当看惯了高楼大厦的他们来到农村，经历就变得离奇而又古怪。王文文是怕狗的，但是她突然发现这里家家户户都有狗，而且狗看上去对她丝毫不感兴趣，总是冷漠地看她一眼然后掉头就走。王文文还分不清麦子和水稻，韭菜和葱，她甚至认不出大部分的在田里疯长的植物。和许多城里人一样，她只认识它们装在盘子里的样子。他们突然发现，他们一直以为在地球上生长了十几年，奔波在各个国家之间，他们已经足够了解世界，但其实他们一点都不了解世界本来的样子，甚至连世界的轮廓都看不真切。

开头的三天同样是漫无目的的，于是大多数的时间都是在村子里闲逛，从天亮逛到天黑，然后去带队老师们住的地方休息，但老师也只是确保他们平安无事，对于他们要做什么，并不给出任何要求，给了他们足够的思考自由。这里的生活节奏很慢，时间也很慢，慢到足够他们去浪费。没过多久就把村子里的角角落落都摸熟了，他们甚至还知道哪个角落钻出过一条小花蛇，或是棵树上的鸟下了蛋。

“我们可以给他们测绘一张地图。”

“他们怎么会没有村里的地图？”

“万一没有呢？”

“他们还需要地图？”

许多远和王文文的对话告一段落。

“我觉得可以弄点路牌什么的？”

“他们还需要路牌？”

“为什么不？”

“你来给路取名嘛？”

他们的对话又戛然而止。

"我觉得装饰墙面不错。"

"是用来辣眼睛吗？"

他们的对话，再次不了了之。

金歌走在一旁，听着许多远和王文文拌嘴，心情颇好地哼着歌，当着背景音乐。

第四天他们决定走进当地的学校。学校很大，叫做骑马小学，比上海的大多数学校都要大，大概农村最不缺的就是土地。学校也很新，刚刚建成，教学楼比王文文读的小学还要好，这打破了他们以前对农村学校的印象：很破很旧还漏风。但是学生很少，校园很空旷，一个年级一共一个班，王文文不知道那些多出来的教室都是做什么用的，也许那些教室也在寂寞地等人来到。但是人满的教室看上去也很寂寞，老师坐在讲台上，无奈地看着乱哄哄的教室，学生坐在讲台下，自顾自地折着纸飞机，在纸飞机尖上吹一口气，然后飞向无论哪一个地方。

用四个字形容，就是乱作一团。

但是人满的教室看上去也很寂寞，老师坐在讲台上，无奈地看着乱哄哄的教室，学生坐在讲台下，自顾自地折着纸飞机，在纸飞机尖上吹一口气，然后飞向无论哪一个地方

“老师，请问我们能采访你吗？”许多远已经很自来熟地跑到了讲台上，他跟老师握着手，很有领导的风范。

“可以。”女老师很腼腆地笑了一下，点了点头。

他们三人了解到，女老师是个还没有毕业的大学生，来这里是她暑假的支教活动。而这里的学校是没有固定节假日的，有老师来的时候，就上课，没有老师来的时候，就放假。而这里的人似乎也并不关心有没有老师来上课。上课的时候，就让孩子上课，不上课的时候，就让他们去田里帮忙。大多数孩子的父母都是不在身边的，他们去了边上的镇里打工，去了更辽阔的城市打工，所有的孩子差不多就由老人来带。老人总是觉得，能读书就读点书，尤其是男孩子，如果读好了，走出山里头，还能有点出息，如果读不好，也至少读一点，以后就娶个好点的媳妇，然后日子总能想办法过。

孩子们心目中的家可能比真实更加真实

日子当然就是这样过的，日复一日，年复一年。把日子过得精彩的，总是少数。

王文文不知道这种观念是乐观还是悲观，总觉得心有一点沉重，她注意到有个孩子在角落里画着画，便走过去坐到了她旁边。她发现她在画着许许多多交错的线条，就问她这是什么。孩子回答，这是家。王文文突然意识到，这就是她从前无数次在公益广告上看到的，孩子心目中的家。看到公益广告的时候，王文文是嗤之以鼻的，她像很多人一样认为，电视上播的，差不多就是假的。但是她却突然料到，孩子们心目中的家可能比真实更加真实。

那天，她留了下来，教了一下午孩子们画画。

后来，她在暑假里，教了一个月孩子们画画。许多远在村子里帮忙造了一个月房子，他像农夫了，或者像泥瓦匠。金歌则一个月都坐在不同田地里的土埂上，听不同的人讲不同的故事。她总是哈哈大笑，前仰后合……

在临走的前一晚，三个人躺倒在草堆里，望着天上的星星。

“这里的夜很黑，所以星星就很星星。”许多远在虚空里抓了几下，对着天空中闪烁的光点挥动手臂。

“我们真渺小。”金歌在一边感叹。

“我愿意渺小，但不能不真实。”王文文回答。

正是在这个村庄里，让她觉得渺小，而又真实。从前穿梭在高楼大厦中间的时候，王文文觉得自己也是渺小的，却从没有想过真不真实。她第一次，开始思考，这个世界真实得有点可怕，但似乎很少有人去了解它。

王文文在家里的微信群发了一条莫名其妙的短信，世界真奇妙。

第二天中午，三人跟着带队老师回到了上海，并要求每人交一篇感悟，但对他们来说，这或许是不同生活的记录。

许多远去找同学踢球了，王文文要被父母接回杭州，金歌却消失了两个小时。王文文打电话也不接，发微信也不回，到了两小时之后才再次出现，说是手机没开机。王文文难以相信这个理由，金歌一向是全世界把手机拿在手里就放不下来的代表，如果半个小时找不到手机，那她的状态肯定是癫狂了。如果手机还有不到50%的电，她马上得给手机充电。但既然金歌不肯说，王文文也不好意思多问。

喜欢也分不一样的。有些可以是朋友，却当不了女朋友。只是很多人都分不清楚而已

其实金歌去了一趟霍格中学的小学部。

两天以前，当她还在骑马乡的时候，她收到了田小聪毫无征兆的表白。“金歌，我喜欢你，能不能当我女朋友？”没有前因后果，只保持了很少的交流，甚至这是他们微信上的第一次交流，一切都开始得极其诡异。见金歌不回答，田小聪继续发着文字，“我觉得你很聪明，所以我喜欢你。”金歌说，“谢谢你，王文文也很聪明，而且你跟她很熟。”田小聪沉默了一会儿，没有再发给她一些莫名其妙的话。而就当金歌以为田小聪不会再发给她消息的时候，手机震动了两下，田小聪说，“喜欢也分不一样的。有些可以是朋友，却当不了女朋友。只是很多人都分不清楚而已。”他没有给金歌回答的空间，而是直接跳到了下一个问题，“那个李学森有什么好的？”

金歌没有很惊讶田小聪是怎么知道的。她没有回他，也一直在想，那个李学森有什么好的？他有太多好了，温柔，有责任感，长得也不错。他很神秘，虽然他有女儿，却从来没有听他提起过妻子。金歌决定去小学找李学森女儿。

“李多多！”金歌认识李学森女儿，李学森女儿也认识她。李学森的女儿还在读幼儿园，大家都知道他会时不时带他女儿来学校。这次去小学部，是去参加一个夏令营的。

“金歌姐姐！”

金歌知道，李多多家就在边上，每次都是自己回家的。她和李多多一起走了一段路。当金歌问她她妈妈去哪了的时候，李多多说，上个月妈妈跑了。

金歌回到家的时候有点觉得昏昏沉沉的。她脑子里塞满了让她不能思考的东西。她觉得她有点喜欢李学森，但是不知道这是一种什么样的喜欢。

在那段因为马可而伤心欲绝的日子里，金歌天天去心理咨询室找李学森。她以前是不相信心理咨询这些事的，觉得无非就是些心理暗示之类的理论，而她认为自己的心理却很健康。在抱着试一试的心态去了以后，她却觉得真的心情好了很多。一开始，金歌是因为马可而去找李学森的，而后来，她从偶尔去找变成了天天去找。她觉得李学森说的话有一种安抚人心的力量，而以前从来没有人这样跟她说过话。包括她的父母。

你总问别人想要什么，有没有想过自己想要什么？

她的父母忙得像机器。

“你总问别人想要什么，有没有想过自己想要什么？”金歌还记得这是李学森问她的第一句话。这也是第一次，她听到有人对她说，她应该想想自己的生活。金歌很少见到父亲，也很少见到母亲，大多数时间，她的家里都只有她一个人。当孤独惯了，她的生活重心就放到了其他人身上，以此来感受不孤独。突然间，她觉得李学森就像她的父亲，给她带来了一个家，这个家不需要房子，却比房子还要坚固。

但是田小聪说，喜欢也分不一样的，有的人可以当朋友，有的人却可以当女朋友。金歌于是想，喜欢分不一样的，有的人可以当朋友，不能当男朋友。

但是她怎么知道如何来分辨呢？她感到迷茫。

11

时光 请别叫我念

eleven

时间是不快的，但是人生活得很快。快得像是只仓鼠在滚轮上跑步，不顾一切地一个劲向前跑着

又一个学期开始了，这意味着他们还有一年就要离开校园。王文文并不想感叹时间过得很快，她认为时间是不快的，但是人生活得很快。快得像是只仓鼠在滚轮上跑步，不顾一切地一个劲向前跑着。

开学第二天，是九月二日，所有同学都聚在食堂里吃早餐。所有的人都是兴奋的，不是因为要开学了兴奋，而是因为有大新闻。不管是学生，还是老师，统一的姿势就是低头刷手机，看发生了什么新闻。“任冉冉家的医院出事了！”“怎么回事怎么回事？”“是不是医疗事故？”“医闹了医闹了！”“仪器故障吧……”“说不定人家受贿了。”“嘘，轻点，人家就在那边。”“她爸跑路了吧……”讨论的声音窸窸窣窣的，在大厅里激烈地回响着，似乎大家都不知道任冉冉在餐厅里一样。任冉冉像往常一样坐在她喜欢的位置，那个位置通风，却不靠近门，冬天不冷，夏天不热，阳光能照耀到。但是从前围在她身边的同学却都消失了，只有她一个人坐着，很显眼。她却像什么事也没有发生一样，依然端庄地坐着，慢条斯理地吃着饭，也依然像往常一样，虽然没有吃多少，但是却用了很标准的姿势。

真相不一定会被人谈起，但是流言一向是飞得最快的，快到让人以为是真相。一眨眼的工夫，各种理论蔓延开来，不知道是不是假的，就都暂且当作是真的了。有人说医院倒闭了，有人说任冉冉爸爸被抓了，猜测像洪水决堤一样铺开得漫无边际，甚至还有人提出了外星人的阴谋。任冉冉开始变得安静起来，脸上不知真假的笑容变成了面无表情。她总是一个人吃饭，一个人走路，一个人上课，一个人看书，有种被大众抛弃之后的独来独往。

有一天王文文在走廊上与任冉冉偶遇了。走廊很长，只有她们两个，气氛很诡异。她们从两头开始走起，都看到了对方，却又很默契地同时错开了眼神，当作没看见的样子。两人的脚步声在空旷的走廊上回响着，王文文不是很会应付这种尴尬，她的脑子里不止有两个小人的打架，而是十几个小人在群殴，不该冒的奇奇怪怪的想法都在这一刻冒了出来，有个小人说，你应该上前在经过之后撞她一下，另一个小人说，就当自己瞎了过去就好了，又冒出来一个小人反驳，那还得聋了才行……王文文觉得此刻她动作僵硬，思维空前地活跃，但也于事无补。最终，她决定还是应该打一个招呼，于是，调整了一下面部肌肉，扯出了一个她自认为还可以的笑容，朝任冉冉挥了挥手，她其实还像说一句话的，比如说“早上好”之类的，但是感觉有一点突兀，便只是张了张嘴，没有发出声音。

“什么时候还轮到你来怜悯我了？”任冉冉只扯了扯右边的嘴角，有点不屑地抬了抬头，抱紧了在怀里的书。但是王文文看到了她眼中闪过的惊讶，只是一秒钟时间，在任冉冉还没有意识到她有表情之前。

“那如果是嘲讽的话就可以退下了。”任冉冉没有等王文文说话，自顾自地说了下去。王文文很懊恼地皱了皱眉，在心中翻了个大大的白眼。不管怎样，任冉冉还是跟她不对盘。从前虽然咄咄逼人但是看上去柔弱的任冉冉消失了，现在的任冉冉就像是个刺猬，一碰就会变成一个刺球，连装都不屑于装。

秋天晚上七点多的时候，天色已经暗了，但是时间却还有一点早

秋天晚上七点多的时候，天色已经暗了，但是时间却还有一点早。平时她们是不能出校门的，但是这天是周五，大多数同学都回了家，只有第二天要参加作文比赛的几个同学还留在学校，任冉冉、白琼、王文文都在。白琼窝在寝室里看书，说是要为第二天的比赛作准备，王文文准备到学校附近的星星小镇去走走，顺便找一点画画的素材。说是小镇，其实就是一个小区，面积大一点的小区。这个小区里面，什么种类的房子都有，每种都占一小块地。她一直都很喜欢小镇里的房子，江南水乡的白墙黑瓦，还是北京传统的四合院，甚至是欧式的别墅，全都有，也给她提供了许多画画的灵感。

她走在小镇上，享受着秋风带给她的舒适的感觉。都说秋风萧瑟，但王文文坚持认为这时候的风是最好的，很干净很透彻，又没有东风那么强劲，会刮得她脸生疼。前方传来的一些杂音让她竖起了耳朵。王文文很喜欢“竖”这个字，因为她喜欢兔子的耳朵。她隐隐约约听到了任冉冉的声音，还有一些其他的模模糊糊的声音，她小心翼翼地往前走着，走出了这个路口之后，发现竖直的一条巷子里都是人，有男的，有女的。任冉冉被围堵在道路的尽头，但是却没有人靠近她，除了站在最前面的一个人。从背影里望过去，王文文只看到了那个人很高，有一头染成黄色的头发。

几乎是立刻地，王文文跳回了她走过来的巷子里，任冉冉看上去有麻烦，而这群人看上去懒散却都目光凶狠，王文文不觉得自己打得过他们，也不觉得自己跑得过他们。她躲在小巷子里，像许多谍战电影里有的场景一样紧紧地靠在转角的墙上，大口地喘着气，区别是她的手里没有枪，也不会有主角神一般的外挂加持。她能听到她的心脏在她的胸腔里发出沉闷的响声。她仔细地听着身后的动静，有点嘈杂，却还能听到一点线索。她听到有人被打了，听到了任冉冉的尖叫，也听到了一个男声的威胁。

几乎是立刻地，王文文进行了一个深呼吸，然后疯狂地往回跑。她不怕别人知道后骂她懦弱，她怕死，怕得要死。她尽量地跨着大步子，身体向上提，不让自己发出一丁点可疑的脚步声。在跑过了几个拐角之后，王文文气喘吁吁地停了下来，坐倒在地上，再无力气，她觉得刚才的那几分钟是人生中达到的体育巅峰：她从来没有跑这么快过。

身后的动静，有点嘈杂，却还能听到一点线索

她瘫坐在地上，给许多远打了电话，让许多远去找保安。王文文确信，因为许多远是住在这附近的，所以他肯定对这边比较熟悉。果然，没过多久，许多远就带着两个保安跑过来，见王文文坐在墙角，而王文文不敢再向任冉冉的方向靠近，只是给他们指了路。

之后有约莫五分钟的安静。王文文在这五分钟的安静里想了很多。她望着许多远他们急切向任冉冉那边的背影，觉得松了一口气，想着，任冉冉她应该没事了。

五分钟后，嘈杂声渐渐散了开来，欺负任冉冉的那群人四散着跑开了，许多远和那两个保安似乎在大声说着些什么，断断续续的哭泣也传了过来，王文文猜测哭声应该来自于任冉冉。她有些安心下来。但是显然她安心地太早了，当她抬头，她看到的是一个放大的呼啸而至的拳头，恍惚中一个一闪而过黄色的脑袋，耳朵里灌满了惊呼和喧哗。

在意识沉入黑暗之前，王文文后悔地想，真不该腿软的。

王文文是在医院里醒来的，醒来的时候已经是第二天下午，很完美地错过了作文比赛。黄昏里焦黄色的阳光从被挡在了窗帘外面，但是她能看到对面墙上的钟。她感到在不知道是昏迷还是沉睡了这么长时间以后，整个身体都像是散架之后又重新拼装回去一样，却没有完全拼好，让她没有一丝力气。脑袋不动的话还好，但是一移动就会开始隐隐作痛，像有一只虫子在脑子里翻滚，仔细地感受，王文文甚至还能感受到太阳穴附近的血管突突得跳动。

此时意识却极为清醒，王文文看到了父母的包，却没有看到父母的人影，猜想大概是离开一小会儿。在床头柜上，她看到了一手串手链，闪着银光的，擦得锃亮，有点眼熟。任冉冉进来了，她没有坐下，在王文文的床前站了一会儿，没有什么表情，但是眼睛还是红肿的，似乎刚刚才哭过。她用有点沙哑的嗓音说，那个打了她的人就是方天龙，当时许多远带着人来时，其他人跑了，方天龙在逃跑时发现了王文文，知道是她喊了人，就对她动了手。

王文文没有回答她。任冉冉又说，他发现我跟他在一起就是为了让许多远吃醋。王文文在心里回答，你确实是的，但依旧没有说话，只是安静地看着她。

最后，任冉冉咽了咽口水，说，对不起，我知道不是你偷的。手链送给你。

王文文回答，太贵重，不能收。

12

时光 请别叫我念

twelve

学校里本来平淡的气氛一下被激起来，像是往平静的水面里扔进了一块石头，泛起了一圈又一圈的涟漪

在十月份的时候，学校宣布要拍一个类似于微电影的视频，题材是关于父爱，由李学森老师组织并执导。

这个消息一下子炸起了许多同学心中的演员梦。女生们四处打听着有谁报名，谁是男主，学校里本来平淡的气氛一下被激起来，像是往平静的水面里扔进了一块石头，泛起了一圈又一圈的涟漪。王文文从田小聪哪里打听到，许多远也报了名。知道这个消息以后，她就有点按捺不住心情，感到有一只猫头鹰在用爪子挠她，痒痒的，很动心。

晚上躺在床上，金歌侧过头问她，王文文你会去报名吗，王文文微微地点了点头，想了一会儿，有点闷闷地说，大概吧。金歌抬起了身子，突然精神了起来，问王文文，是为了那个许多远吗？

王文文问，你怎么就知道？

金歌说，我就是知道。

过了一会儿，王文文问金歌，你会去报名吗，金歌也是微微点了点头，想了一会儿，有点闷闷地说，大概吧。王文文问金歌，是因为李学森吗？

金歌问，你怎么就知道？

王文文说，我并不知道。

报名的时候，金歌和王文文两个人是一起去的，王文文投了名字和简历就出了李学森的办公室，金歌却在里面犹豫着不想走。“我在门口等你。”王文文退到了门口。她看着金歌在办公室里和李学森有说有笑，帮李学森端茶倒水，心里很不是滋味。她觉得如果金歌要用献殷勤的方法拿到这个名额，那未免太无耻了。她斜靠在门框上，移开了视线，没有去看门内的景象，但是金歌的笑声却不断传出来。王文文没有办法关上耳朵。

金歌从办公室出来的时候，王文文已经拉下了脸，她不想这样小气的，但是面部肌肉似乎是自动这么做了。在去教室的路上，金歌一直在说话，王文文一句也没有听，她的大脑已经被怒气吞噬了。听金歌说完以后，王文文很嘲讽地问她，“你所做的一切，不就是为了那个老头子？”气氛僵住了，金歌也僵住了，她的笑容顿时消散，像海绵里被挤出去的水。金歌也换上了嘲讽的表情，问王文文，“那你呢，为了许多远那个小白脸？”

接到试镜的时候，王文文也没多意外，但还是做足了准备，至于金歌，她似乎选择了无视，她不知道自己到底在小心眼些什么，以至于在试镜结束的当天下午，她因为表演和台词都还不错，被选定可以出演女儿的角色，而金歌却因为表演过于僵硬，最后破格做担任拍摄助理时，她也不觉得有多高兴了，因为她和金歌一直都不怎么说话了，但是却不是在冷战。她们偶尔说话，大多数时候却是看着对方，然后在对方抬头的时候低下头，错开目光，尽量没有接触。俩人都心知肚明，自己不知道怎么开口道歉，这让寝室里的空气凝结成了一块果冻，很黏很稠，有一点点的凉，但是不冰，也不苦，随时都有可能化，但是一直都不化，不知道要什么时候化。而她们两个就在这块果冻里行走，很艰难，但依然犟得像牛。

她的笑容顿时消散，像海绵里被挤出去的水

在这部看着像微电影那么回事的十五分钟关于父爱至深的剧情视频拍摄结束那天，李学森留下了金歌和王文文。他们站在操场边上的一棵树下，有风勤快地跑过，摇动了树上的叶子，发出好听的声音。李学森说了一堆的话，最后他望着学校球场上的草皮，说，希望你们两个人能和好。

“对不起。”王文文盯着在脚边长的一棵小草，不敢看金歌的眼睛。

“对不起。”金歌站在王文文的身边，搂了搂她，也在看地上的小草。

“那请问您能不能给我一个拥抱，像我们故事中父亲接他女儿时那个拥抱一样？”金歌看着李学森，小心翼翼地询问。李学森笑了，走过去，张开双臂，轻轻抱住，又大力拍了拍金歌的背，就像父亲一样。

他感叹道，你们，都长大了。

后来，王文文听说他们这个非专业的视频感动了很多人，也被很多人转发，很受赞誉，可这些已经不重要了，不是吗？这只是她的一段经历，成长的经历……

放假的前一天，任冉冉就要走了。她准备提前出国，已经在学校办好了手续。那时已经入冬了，她穿着学校发的大衣，和穿着同款大衣的王文文在走廊再次相遇。任冉冉拉着行李，走向的是学校大门。王文文空着手，走向的是寝室。那天飘起了一点点雪，天气很冷，天空却很美。在她们快要错身而过的时候，王文文突然说，走廊是个相遇的好地方。任冉冉停下了脚步，说，总是在走廊相遇也许是一种缘分。

她们两个突然都笑了，静静地在走廊中间站了好久。

现在能不能把手链送给我，王文文打破了沉默，两人随之大笑起来。任冉冉从手上解下了那串手链，说，可以。她们短暂而局促地拥抱了一下，雪下得更猛了，天更冷了，天空也更美了。任冉冉说，王文文，你是个很好的对手。

王文文说，我希望，我们以后的对手，会是自己。

第二天，新年放假，雪还在飘着，是上海难得的大雪。雪花很大，飘得很慢，在黑色的夜空里划出一道道白色的轨迹。金歌、田小聪、王文文三人爬到了学校的露台上，在雪中大笑。积雪已经有一些了，他们肆意地在平整的雪面上踩着属于自己的脚印，推搡着在雪上印下一个个人的轮廓，就像所有看到雪会激动的南方人一样，他们欢呼着，像三只自由的哈士奇。他们其实是来庆祝新年的，但是他们在庆祝雪，或者说，用雪来庆祝新年。

咔哒一声，门开了，是许多远。他看到他们后，愣了好久，才有点狼狈地爬上了露台。他似乎也没想到会遇到王文文他们三人，他说，反正申请已经递交了，一切就看天数了，于是四个人就在露台上，随意地说着话，到兴头时，不管不顾地朝着远处大声喊叫，像四个正常的疯子。雪花从天空落下，落在他们仰起的脸上或者脖颈里，很快就化了。

王文文感到了一丝又一丝的凉意，那么清新地深入到骨髓里。她突然觉得，此时此刻如此美好，而人生的雪季，又会有多少次？

13

thirteen

喜悦和悲伤夹杂在一起，在他们脸上形成了许多扭曲的表情，喜悦是因为他们长大了，悲伤也是因为长大了

下半学期过得又快又平稳，只有准备考试和考试两个阶段，考完试之后，他们就毕业了。毕业的那天，大家穿着校服在街上大摇大摆地走，高声唱着许多走了调的歌。金歌说，这是我们最后一天穿校服了。王文文应道，是啊，这是我们最后一天穿校服了。当大家还沉浸在考完试的兴奋之中的时候，他们突然意识到，离别的到来是很快的。喜悦和悲伤夹杂在一起，在他们脸上形成了许多扭曲的表情，喜悦是因为他们长大了，悲伤也是因为长大了。两个月后，他们会分散到世界各地，变成一个个在地图上的小小的点，有的人去美国，有的人去英国，有的人去澳大利亚，有的人去加拿大，还有的人说，他们要先去旅行一年，因为他们从来没有静下心来，好好地看过这个世界。

最后所有同学都回到了霍格中学的门口，认真地端详着霍格中学这四个发着光的金属大字。我们要分开了，王文文听到有同学说。不，我们没有分开，如果把我们这些小小的点连在一起，那就会变成一张网，王文文听到另一个回答。眼泪在同学们的脸颊上无声地滑下。之前设想过好多轰轰烈烈的离别方式，有说要一起躺遍学校里的草丛，有说要在学校里的所有黑板上都画满画，有说要大家一起在学校门口跳舞。但是最终，他们只是站在门口，看着早已经看腻了的四个大字，让泪水在脸上肆意奔跑，脸上却依然带着笑容。

这次离别是同学们期待已久的，考试前，所有人都在设想着，踏出校园的那一刻会变得多么美好，但是当这一刻真正来临的时候，才发现离别其实是件很艰难的事情。离别需要经验，他们没有经验，在离别面前就显得束手无策。

“金歌，我喜欢你。”这是田小聪的声音。他不再话多了，因为金歌说过她不喜欢话多的人。

“但是我们要分开了。”这是金歌的声音。她看到李学森老师在校园里，牵着李多多的手，向她挥了挥手，她也挥了挥手。田小聪看到金歌的眼神，瞬间有一些黯淡了，他说，我知道，我们要分开了。

“但是我可以给你一个拥抱。”金歌转向田小聪，没有再去看李学森。田小聪很吃惊地看到金歌张开了双臂，他慢慢地走过去，张开手。王文文往旁边挪了一步，看着他们拥抱在一起，互相拍了拍对方的背。“很高兴认识你。”田小聪说，王文文觉得，在喜欢的人面前，田小聪都已经不田小聪了。

王文文看到了武松，那个喜欢拿着烟斗的英国老头，他挺着啤酒肚在阳光下爽朗地大笑着，已经变白色的头发和胡子闪着愉快的银光。他在给同学们讲他年轻时候的故事。他讲也要退休了。他讲他要回到他的故乡去，是在泰晤士河边的一个小镇，那里天很蓝，树很多，适合养猫、喝下午茶，吃煎鱼和土豆。王文文突然意识到，原来不只是中国人讲究落叶归根的。

下午，田小聪约了王文文去小七咖啡馆，是金歌向他推荐的，就是那个金歌和王文文曾经坐了一整天的咖啡馆。王文文去了，咖啡店的摆设和上次来这里的时候一模一样，丝毫没有变化。在那个金歌坐过的角落里，田小聪向她招了招手。王文文走过去，发现了许多远。她坐了下来，给田小聪递去了疑问的目光。

田小聪正襟危坐的样子很滑稽，王文文却没有笑出来。田小聪故作高深地轻咳了一下，虚空地摸了一把并不存在的山羊胡，说，有时候知道得太多，人会有压力的。

“我就是这个知道太多的人。”王小聪故弄玄虚的加了一句。

许多远和王文文两人都用鄙视的眼神看着田小聪，撑不过两秒，田小聪便败下阵来。他抱拳连连求饶，说的话却跟他的动作毫无相关性。他说，你们俩真像。

田小聪带来了两个信封，他说，这两个信封值一百块，看在都是同学的份上，就给他们打八折，不要钱。那一瞬间，王文文觉得自己的数学很好。田小聪说，他想把他知道的东西都说出来，这样可能他的高中生涯就没有遗憾了。他还说，做他这样搞情报的这一行，不仅要万万小心，不可走漏了风声，还要有职业道德，不能留下污点。王文文和许多远同时嗤笑了一声，异口同声地揭了田小聪的底，说，你就是个打听小道消息的，别搞得那么大义凛然。

王文文加了一句："你顶多像个包打听。"

田小聪为他们丝毫不留面子的评价嘿嘿笑了一下，毫不介意，他再次说道，你们俩真像。

不管结果如何，我都想给高中生涯，画上一个圆满的句号，田小聪说。他摩挲着两个信封的边缘，没有看许多远或者王文文，而是盯着木头桌面上一个自然形成的坑洞，似乎对它的来历很感兴趣的样子。

王文文回答说，我们不会有句号，最多算是个分号，还有很长很长的下半场呢。

那天三人临走前，田小聪给了他们信封。王文文边走回边忍不住拆开了信封。这是一张表格，上面的署名是，感谢无所不知的田小聪。顺着田小聪歪歪扭扭的字迹看下去，一页纸都列满了许多远为王文文做过的事：1.为王文文向老师求情；2.找武松请他给王文文补课；3.救起落水狗王文文；4.帮王文文与方天龙打了一架；5.偷偷拍王文文画画时候的照片……列表很长，有十余条，王文文看着看着感觉视线有一点模糊。她收起了信，把它塞回了信封里，小心地按原样封好。

回到家，王文文把信封塞到了抽屉的最底层。

一年后的暑假，大家又聚在了一起。所有同学都站在校园门口，站在霍格中学四个金属色的大字前，站在他们一年前站过的地方。一年了啊，同学说，时间真快，学校门口的保安纠正他们，说是一年零两个月又八天，去年他们是在六月十号离开的，今年是八月十八号来的。

许多远在学校的生涯里，几乎就是为了尖叫而存在的

同学们又走进校园逛了逛，夏天的蚊虫飞舞着，发出嗡嗡的响声。王文文发现，任冉冉没有来，许多远也没有来。她有点失望地踢着路边的石子，石子在落地前划过了一道好看的弧线。这让王文文想起了从前看许多远踢球的样子，许多远总是能让球划出好看的弧线，引来场上的尖叫。

许多远在学校的生涯里，几乎就是为了尖叫而存在的。

她的高中生活已经有一点模糊起来，那会不会也像父母渐远的脸一样，从清晰，到模糊，再到看不见

田小聪来了，他去了澳大利亚，告诉他们现在澳大利亚很凉快，比上海凉快多了，因为是冬天。他依然很夸张地向同学们进行自我介绍，讲述着自己在大学里和袋鼠唠嗑的故事。白琼也来了，她依然文文静静地。她现在跟马可都在诺丁汉大学，马可依然是她的学长。她说，马可很优秀，是他们学校计算机系数一数二的学生，有一大帮姑娘追，不过依然没有女朋友，还很爱脸红。听大家说，任冉冉没来是因为在准备一个演讲比赛，很可能拿到冠军，和她的男朋友一起去参加的，她的男朋友很帅。金歌也来了，她找到了她和王文文以前住过的寝室。因为暑假的缘故，寝室是空的，金歌去里面倒立了一会儿。王文文站在她面前，看着倒着的金歌，金歌看着倒着的王文文，说，你好，我叫金歌。王文文说，你好，我是王文文。

那天结束了聚会，王文文的父母赶来了，同她会合。他们送她去机场。

王文文快要开学了，迎接她的将是两天的飞机和日夜颠倒，她算了一下，因为时差的缘故，有一天可能没得吃饭，有一天可能会吃五顿。但是她知道她不是因为这个而落寞，她想见见许多远，只是见见。父母不变的说着叮咛的话，王文文觉得，天下所有的父母，可能会讲同样的临别的话。

生活总是要往前的，她不知道人可不可以也往前

那是个很适合飞行的天气，是上海少有的蓝天。她拖着两个行李箱在大厅里慢吞吞地走着，父母一左一右，和她并肩往前走着。浦东机场的人很多很多，有许多是像她一样准备返回国外学校的学生。他们也拖着两个行李在大厅里慢吞吞地走着，旁边同样也是来送行的父母。她去办了托运，然后排到了安检的队伍里，不断地回头看着不忍心离去的一高一矮两个身影。又是一年，又要走了，她低落地想，顺着人流往前慢慢挪动着。父母的脸从清晰，到模糊，再到看不见。她想，她的高中生活已经有一点模糊起来，那会不会也像父母渐远的脸一样，从清晰，到模糊，再到看不见。生活总是要往前的，她不知道人可不可以也往前。

过了安检，进了候机厅。离登机的时间还有些早，她去买了一杯星巴克。坐在候机厅座椅上，她打开电脑，开始写已经略微有点模糊的高中故事。她觉得，如果不想忘掉一个人，可以拍个照。如果不想忘掉一段日子，那就写下来吧。她看着电脑，想起了许多远，这台电脑有点旧了，已经用了三年，但是她不想换掉，因为是许多远赔给她的。她还记得，那时候许多远送了两台，她只要了一台，她不知道另一台是被退了呢，还是许多远自己用了。一股悲伤突然从心里升了起来，像井里面喷涌的泉水。

悲伤的时候不适合思考，她决定站起来走一走。拿着星巴克像许多人一样，在一家家免税店的前面经过，打量着橱窗里的展品。猛然间，她被一个莽撞的人撞了一下，星巴克洒了满手。她抬起头，发现的是许多远。

是你。王文文说，还保持着咖啡洒了的姿势。还好她要了冷咖而没要热咖，她想，不然烫手。

是我。许多远说，我赔你两杯咖啡。

说着他转身就走，很快买了两杯咖啡跑回来，还带回来一大叠纸巾。

王文文说，我不用，我只要我的那一杯。

于是许多远把一杯咖啡递给了她，打开了另一杯顾自喝起来。王文文这时候突然觉得，那剩下的一台电脑，许多远肯定是自己用了。

一股悲伤突然从心里升了起来，像井里面喷涌的泉水

你去哪儿。喝了一大口咖啡以后，许多远问。

我去波士顿。王文文也喝了一口咖啡，惊讶地发现是香草拿铁，跟她洒了的那杯一模一样。

真巧，我也是。许多远回答，他笑了起来，露出一排白牙。

机场的广播在机械地播报着航班的信息，两人就站在原地，看着从旁边匆匆跑过的人，然后相视一笑。王文文突然觉得，青春的时光，一下子像水一样流掉了许多……